住所不定無職の
異世界
無人島開拓記
1
～立て札さんの指示で人生大逆転？～
埴輪星人
illust.ハル犬

荒田耕助《あらたこうすけ》
立て札さん

シェリア

振り返った耕助の目に、
やたらゲームっぽい配置で
木が生えた草原の
ど真ん中に立て札が
ぽつんと立っているのが
飛び込んでくる――
ようこそ、
異世界の
無人島へ!

Contents

プロローグ

住所不定無職、異世界の無人島へ

「まじかよ……」

ある日の午後六時半。最近いろいろついていない荒田《あらた》耕助《こうすけ》は、燃え上がるアパートを前に思わずへたり込んでしまう。

今日の夕食を調達するためちょっと外出している間に、彼は今着ている服と靴、財布とスマホ以外の財産を失ってしまった。

まあ財産といっても、ここ数年勤めていた会社は法的にどうなのかというような低賃金だったので趣味のものを買うような余裕はなく、強引に着まわしていた数着の服と安物でかつ耐用年数ぎりぎりのボロい家電と布団やちゃぶ台くらいしかないのだが。

幸い、財布の中にキャッシュカードが入っているので、手持ちの現金以外無一文という状況は避けられたものの、その口座にも心もとない残高しかない。

「……どうしたらいいんだよ、これ……」

消防車両がアパートに放水している目の前の現実を眺めながら、呆然《ぼうぜん》とする耕助。

アパートはすでに、ほぼ全焼というしかないレベルで火が回っている。

最長で見積もっても外出は三十分程度で、そんな短時間でここまで燃えるというのもすごいが、そもそも耐火基準を満たしているかどうかも怪しい年季の入った木造のボロアパートなので、ちょっとの失火で全焼という結果には納得しかない。

だが、小火《ぼや》が原因で全焼する可能性は納得できても、それで衣と住を失うことに納得できるかというとそんなわけはない。

「これ、補償とかどうなるんだろうな……。いや、それ以前に、住所不定だと就職活動、どうにもならないんじゃないか……？」

勤めていた会社が最近倒産して失業保険をもらいながらせっせと就職活動を行っていた耕助にとって、住むところがなくなるというのは非常に都合が悪い。

そうでなくても三十五歳という絶妙な年齢ゆえに、はなから採用に不利になることも多いというのに、そこに住所不定となると絶望的としか言いようがない。

新たな入居先を探すにしても、保証人のあても収入もない今、いい物件が見つかるとも思えない。最悪事故物件でも構わないが、そういう物件を探すにしても数日はかかるだろう。

その間、ホテルなどに寝泊まりするだけの金銭的な余裕は残念ながらない。

実家に頼るにしても、そこまでの交通費が心もとないことに加えて、実家住みの兄弟も両親の介護だなんだで一時的にでも無駄飯食らいを抱え込めるような余裕はないだろう。

はっきり言って、現時点では人生完全に詰んでいるとしか思えない。

この時点で耕助は、自殺すら考えられないほど心が折れてしまっていた。

「……どっかで、買った酒飲むか……」

普段は金がなくて酒など買わない耕助だが、今日はなぜか目に入った大安売りのビール風アルコール飲料、いわゆる第三のビールとかそういう系統のものを買っていた。

なぜ激安だったのかは不明だが、輸入品の安い銘柄の缶コーラなどと同じような値段だったのでつい買ってしまったのだ。

一応被害者なのだからこの場にいなくてはいけないのではとちらりと思ったが、ショックが大きすぎてここにいるのもつらい。

そうと決めたら、きっちりエコバッグを持ってそっとその場を立ち去り、徒歩二分ほどの距離にある近所の公園へ向かう耕助。

その公園に足を踏み入れようとして——、

「な、なんだ？　急にめまいが……」

——なぜか意識が暗転し——、

「あれ？　俺、寝てたのか？」

——意識が戻ったときには——、

「は？　なんだここは？　俺、公園に入ろうとしてたよな？　てか、太陽が二つあってクジラが飛んでるように見えるんだけど、見間違いか……？」

——耕助は————なぜか海岸に倒れていたのであった。

第1話

まずは状況を把握しよう

「……とりあえず、ちょっとあたりを見て回るか……」

いつまでも呆然《ぼうぜん》としていても仕方がない。そう腹をくくって立ち上がる耕助《こうすけ》。

とはいえ、火事に続いてのこの状況なので、正直、現実味が一切なく頭がまるで働いていない。

まずは周囲を見渡して、見えた景色でどうするか決めることにする。

耕助が目覚めた海岸は砂浜ではなく草地、それも見える範囲で結構しっかり生い茂っているので、恐らく満潮の時に完全に水没するような場所ではなさそうだ。

今の天候は晴れで、雨が降るような気配もない。

気温は大体春ぐらいの、暑くもなく寒くもないといったところである。

現在立っている位置からは近くに長い海岸線と広い海が、海岸線沿いには何本かぽつぽつと種類が分からない木が生え、遠くには森らしいものが見える。

今のところ生き物の姿と人工物は一切見えず、起きたときに目に入った空飛ぶクジラも今はどこにもいない。

これが現実なら、間違いなく地球ではないだろう。

「……なんだ、あれ？」

起きたときに向いていた方向の左右を見渡し、結構遠くまで海岸が続いているのを確認して振り返った耕助の目に、やたらゲームっぽい配置で木が生えた草原のど真ん中に立て札がぽつんと立っているのが飛び込んでくる。

イメージよりかなり広かった草原、それも周囲の木々と等間隔の場所にぽつんと存在する立て札は、一種異様な存在感を醸し出していた。

「いや本当に、なんだあれ？　つうか、木の生え方がやたら不自然だな、おい！」

そう突っ込みながら、いろいろ気になるもののまずは持ち物をチェックすることにする耕助。

よく考えたら意識を飛ばす前は財布とスマホとスーパーで買ったものが入ったエコバッグを持っていたはずだ。

「……エコバッグの中身は、というよりエコバッグそのものがぐちゃぐちゃになってるなあ……」

足元に落ちていたエコバッグを手に取って、絶望の表情を浮かべる耕助。

いったいどんな圧力がかかったのか、中身がすべてエコバッグにしみこむレベルで圧縮されていたのだ。

というこことはもしかして……と財布と一緒にウエストポーチに入れていたスマホを取り出すと、画面はバキバキに割れてカバーはあちらこちらが砕けてへし折れ基板が露出し、バッテリーがいつ火を噴いてもおかしくないぐらい膨れ上がって微妙に煙が立ち上っている。

仮に耕助に精密電気機器を修理する能力があり、この場に機材と部品があったとしても、このスマホを修理することは不可能であろう。

毎月の生活費がカツカツで、趣味といえば無料のネット小説とソシャゲだった耕助にとって、スマホが修復不能なレベルで壊れているというのはかなりの大ダメージのはずなのだが、アパート火災からこっち異常な状況が続いているため、いまいち感情が動かない。

こんな惨状なのになぜか財布は中身ともども無事だったが、こんな場所では役に立たなそうである。

というより、やたらゲームっぽい木々の生え方や二つある太陽、空飛ぶクジラなどの要素から見て、どう考えても耕助がいた世界とは異なる場所なので、一切使い物にならないだろう。

「……こんな場所じゃ、どうせ役に立たないだろうけど、これで助けを呼ぶあても消えたか……。それに飯も水もないのもやばいな……」

あまりに絶望的な状況に表情をなくし、虚《うつ》ろな目をしながら立て札のもとへふらふらと歩いていく耕助。

立て札はよくあるベニヤ板で作られており、大体A４のバインダーを開いたぐらいの大きさだった。

立て札には、

〔・ようこそ、異世界の無人島へ！〕

と、妙に嬉しそうにクラッカーのイラストなどと一緒に書かれていた。

なお、立て札の文章は横書きである。

「異世界はまあ、そうだろうなあと思ってたけど、無人島なのか……。てか、無人島なのになんで日本語が書いてある立て札が立ってるんだ？」

〔・そこはもう、こういう話のお約束的な何かということで〕

「なんでリアルタイムに立て札の文字が変わるんだよ……」

〔・一応異世界転移系ファンタジーなので〕

「メタいな、おい」

立て札からのいきなりのメタ表現に、間髪いれずに突っ込みを入れる耕助。

その手の趣味を持つ彼としては、見過ごせない内容だったようだ。

〔・それでは、ここからはちょっと真面目な話に入ります。
・荒田《あらた》耕助さん、あなたは天文学的な確率の不運
・具体的には一京分の一ぐらいの確率で起こる出来事に遭遇した結果
・地球とはまったく違う世界のその島に飛ばされました〕
「神様の手違いとかそういうのじゃないのか？」
〔・そういうのは、最低でも素手で岩ぐらいは粉砕できる人間しか対象になりませんねえ〕
「それ、人間か……？」
〔・結構いるんですけどね。
・話がそれたので戻します。
・今回の不運は突発的に起きた自然現象が原因ですので
・人間にはそこから地球に戻る手段はありません〕
「戻れないって、本当にどうにもならないのか？」

〔・戻すだけならできるんですけど
・その場合、多分さっきのスマホとかエコバッグみたいになります〕
「ああ、うん。それを言われたら、納得するしかないな……」

〔・納得いただけたようですので、そのことについては以上として。
・別に誰かの不手際とかそういうわけでもないのですが、
・あまりにも不運なのであなたが生きていくために
・若干手助けをすることにしました〕
「手助け？　よくあるネット小説みたいにチート能力をくれるのか？」
〔・まあ、ゲームが成立するぐらいのものは〕
「ゲームなのか？」
〔・ゲームです。少なくともこちらにとっては。
・なので、簡単に死なない程度にはいろいろ手を貸しますが、
・俺ＴＵＥＥＥとかは期待しないように。
・チート無双系は、他の神様がやっているのをチラ見するだけでも十分摂取できますし〕
「だからメタいって……」

またしてもメタいことを表示する立て札に、こいつ絶対俺をおもちゃにするつもりだと確信する耕助。

だが、この立て札の手を借りねば、三日ももたずに死にかねないのも事実である。

〔・一応すでにスキル的なものは付与済みなので、
・まずはそれについて説明します〕
そう表示した後、立て札に採取、伐採、採掘、鑑定などの単語が縦に並んで書き出され、それぞれの単語の横に棒グラフのようなゲージが表示される。

〔・これが、今のあなたが持つスキルです。
・横の棒グラフは熟練度になります。
・この立て札の前で熟練度を見たいと念じれば、すぐ表示されます〕
「スマホ持ってんだから、そういうのはスマホにアプリとして入れときゃいいんじゃ……？」

〔・そんなありきたりな展開は
・断固としてＮＯ！
・そうでなくてもオリジナリティが薄いのに
・そこまで普通なんて敗北主義者のやること！〕
「何と戦ってんだよ……」

〔・まあ、冗談はさておき
・そもそもスマホなんて脆弱《ぜいじゃく》なものが
・異世界転移に耐えられるわけないじゃないですか。
・根本的な話として、いくら私が干渉したからといっても
・あなたの肉体が無事であること自体、かなりの奇跡なので〕
「確かに、スマホ無茶苦茶に壊れてたし、戻れない理由もそれだったしなあ……」

唐突に真面目な話をする立て札に戸惑いつつも納得し、エコバッグやスマホの惨状を思い返して、よく体は無事だったなといった感想を持つ耕助。

その時、彼の服と靴が突然音もなく崩れ始める。

「なんだなんだ!?」

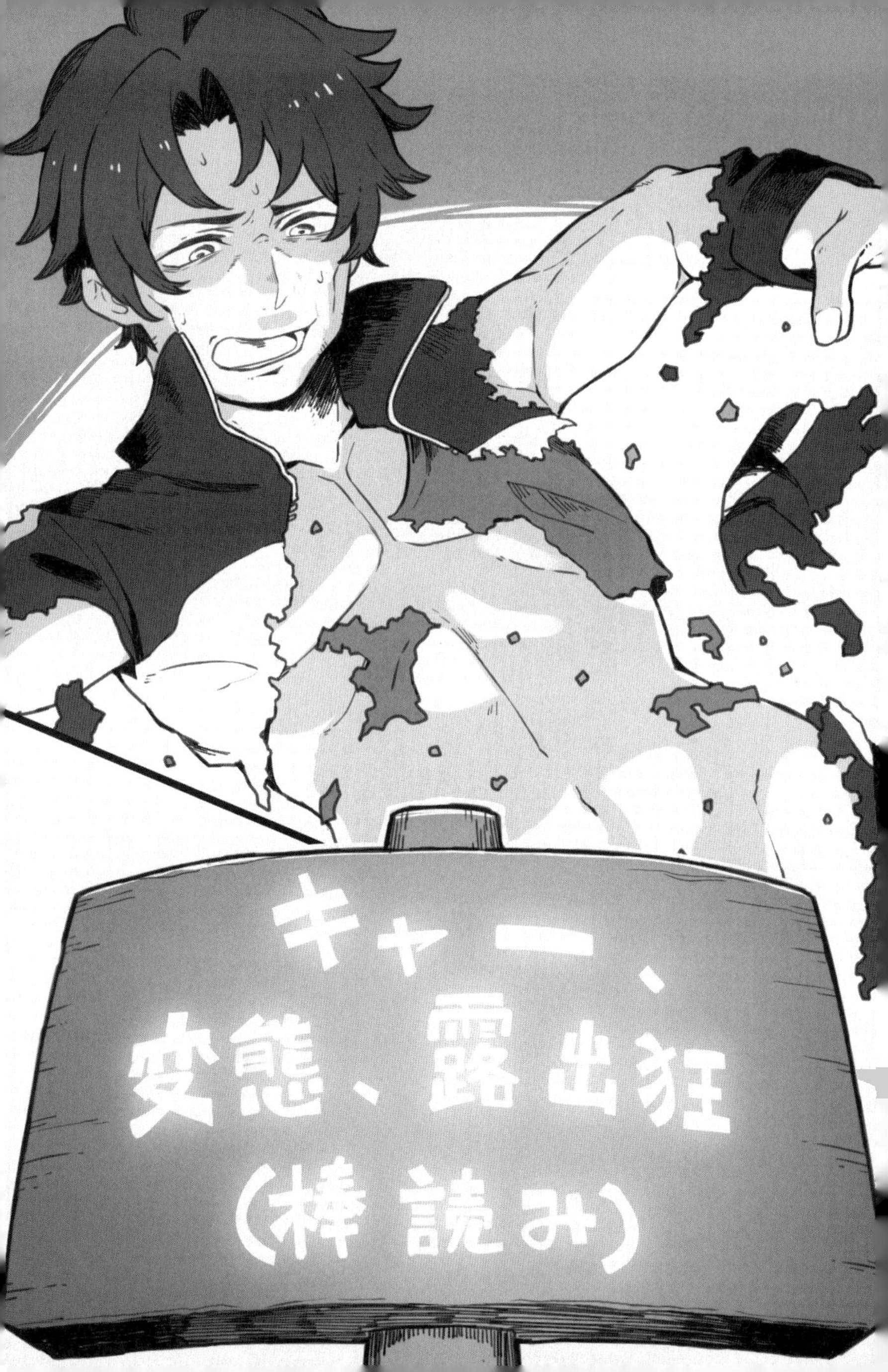
キャー、
変態、露出狂
(棒読み)

〔・キャー、変態、露出狂（棒読み）〕

あっという間に全裸になった耕助をからかうように、そんな一文を表示する立て札。

わざわざ（棒読み）まで表示しているあたり、どう考えても分かっていてやっている。

しかも、なぜか服が完全に消失したタイミングで、一枚の葉っぱが耕助の股間に張り付ききっちり逸物《いちもつ》を隠しており、より変態チックな印象を与えていた。

なお、どうでもいいことながら、後ろから見てもなぜか一枚しかないはずの葉っぱがきっちりすべてを隠してくれている。

結局のところ、モザイクとか謎の光の亜種みたいなものなのだろう。

「どういうことだよ、これ！」

〔・いやだから、異世界転移に服が耐えられなかっただけかと。
・むしろ、よくもったほうだと思います〕
「まじか……。なのに財布は無事なんだな……」

〔・なんででしょうね？
・肉体が無事なのは過去に事例があったので分かるのですが
・さすがに財布が無事なのはちょっと謎です〕
なぜか無事なままの財布に、恐ろしいものを見るような目を向けてしまう耕助。

立て札にとっても想定外だったようで、戸惑っている雰囲気が文章から読み取れる。

この文章の雰囲気やなんとなく全方向から感じる見られているような感覚からするに、どうも目の前の立て札はそれ自体が意思を持っているのではなく、何者かの端末のような存在なのだろう。

〔・まあ、財布については置いておきましょう。
・現時点では単なる思い出の品以外の何物でもありませんし〕
「お、おう」

〔・先ほども言ったように、あっさり死なれても面白くないので
・これからやっていける程度の援助はします。
・まず、飲んでお腹を下さない程度にきれいな水が出る井戸と
・ないよりマシ程度の開拓用具を支給します〕
立て札がそう告げたタイミングで、近くに唐突にこれぞ井戸という見た目の井戸が発生し、耕助の足元に斧《おの》や鍬《くわ》、のこぎり、鎌といった道具が出現する。

井戸はご丁寧に滑車と釣瓶《つるべ》が付いていて、体力さえあれば誰でもすぐに水が汲《く》めるようになっている。

井戸だけあっても水を汲むことができないので、恐らく立て札がサービスしてくれたのだろう。

「これで家でも作れってか？」

〔・はい。ですがいきなりは無理でしょうし、
・そもそも丸太を使って家を建てる技術なんて持っていないでしょう？〕
「そりゃあ、これまで単なるサラリーマンだったわけだし、普通は持ってないわな」
〔・なので、最初にやることはそのための設備を用意することです〕
「設備って、そんなもん作れるんだったら普通に家ぐらい作れないか？」
〔・ちょっとした設備が、屋根と壁がある建物と同じだと思うのですか？〕

「いやまあ、そりゃそうなんだが……。じゃあ、俺に何を作れと？」

〔・この手のスローライフ系ゲームだと
・定番のものがあるでしょう？〕
「定番って……クラフト台とかそういうやつか？」

〔・そう、それ〕

「どうやって作るんだよ、それ？」

〔・指定した材料を集めて持ってきてもらって、立て札パワーで合成〕

「それがＯＫだったら、全部材料だけ集めて立て札パワーでよくないか？」

〔・面倒くさいし、そもそも何でも立て札パワーで解決は見てて面白くない〕

「……」

露骨に本音を漏らす立て札の言い分に、どう反応すればいいのか分からず言葉に詰まる耕助。

立て札にメッセージを書いている何者かにとって、耕助はあくまでゲームの駒なのだろう。

そのことは最初からずっと、立て札のメッセージ内容で示されている。

あまり気分のいい話ではないがそこは割り切るにしても、立て札の主はいったいどの程度のことをこのゲームに求めているのかが分からないのが怖《こわ》い。

「……要するに、今からクラフト台の材料を集めればいいのか？」

〔・ちょっと待って、まだ説明が終わってない〕

「まだ何かあるのか？」

〔・ん。荒田耕助さん、あなたは一日一回、立て札ガチャを回すことができる〕

「立て札ガチャ？　なんかこう、ろくでもない結果しか見えない単語だな？」

〔・出てくるものは恐らく99パーセントがゴミか
・出た時点ではかけらの役にも立たないものだから
・あながち否定できない。
・でも、回さないより回すほうが豊かな暮らしに近づく可能性があるから
・必ず一日一回は回すことをお勧めする。
・特に今日はチュートリアル兼救済措置で、絶対に生存に必要なものが出てくる〕
「そっか。つうか、クラフト台の話あたりから、なんかいきなり丁寧語じゃなくなったな……」

〔・まじめに説明口調続けるの、疲れた〕

「お、おう……。そうか……」

初日のチュートリアルすら取り繕えない立て札の主に、思わず微妙な表情をしてしまう耕助。

そんな耕助の反応をスルーして、立て札が説明を続ける。

〔・ガチャの回し方は簡単。立て札の前で「ガチャを回す」と宣言するだけ。
・今は一日一回で繰り越しはなしだから、十連とかそういう機能はない。
・ただ、島の開拓が進むと、一日に回せる回数が増えたり
・ガチャチケ的なものが手に入るようになったりする。
・それに応じて、十連機能が解放されたりピックアップガチャが追加されたりする〕
「心底、どうでもいい」

〔・むう……。

〔・とりあえず、今日は回しておいたほうがいい〕

「ああ。じゃあガチャを回してくれ」

〔・了解〕

耕助の宣言を受け、立て札が軽快すぎてシュールな印象すらあるBGMを鳴らしながらガチャガチャマシーンのイラストを表示し、背景の色をカラフルに変化させながらゆっくりとレバーを回転させる。

ガチャガチャマシーン独特のガチガチガチガチという音とともにレバーが一回転し、青色のカプセルがころりと出てくる。

「また中途半端に凝ってんなあ……（つか、立て札なのにまるで液晶モニターだな。聞くだけ無駄だから仕組みは聞かないけど）」

カプセルが排出されたのを確認し、正直な感想を漏らす耕助。

耕助の感想を聞いた立て札が、ガチャガチャマシーンのイラストを消して耕助に返事をする。

〔・たぶん、この演出を見るのも最初だけ。
・どうせお互い面倒になってスキップして結果だけ見るようになる〕
「だろうな。せいぜい五回ぐらいか？」

〔・三日目には面倒になってスキップするのに一票〕

ガチャの演出について、そんな身も蓋《ふた》もないやり取りをする耕助たち。

ならなんで用意したのかという話になるが、そこはそれ。

ガチャを回します、〇〇が出ました、だけでは味気ないにもほどがあるので、ほとんど誰も見ないにしても演出は用意しておかねばならないのだ。

〔・一応、レアリティ演出とかもあるから、カプセルだけは表示する〕

「やっぱ、レアがあるんだ」

〔・本当に一応。排出率は違うけど、だからといってレアリティが高ければいいものでもない。
・たとえば、この状況でドラゴンをワンパンできるスーパーレアの消費アイテムとか出ても
・何のありがたみもない。
・食べ物か活動を楽にしてくれるアイテム以外
・現状では基本ゴミ〕

「いやまあ、そうだけど……。って、ドラゴン!?　いるのか!?」

〔・今のところ、この島にはいないから安心する。
・ちなみに、今回は食べ物限定。
・カプセルの色はいろいろ出てくるけど
・ハイレア以上の黒、銀、金、虹の四色以外はどれも同じ。
・今回の青だと、コモン、アンコモン、レアの三種類のレアリティが混ざってる〕

「なるほど。で、これには何が入ってるんだ？　てか、どうやって開けるんだ？」

〔・開封は自動で行われる。
・今回は説明のためにここで止めてるだけ。
・というわけで、ＯＰＥＮ〕

かけ声的な文字に続き、立て札に表示されている青色のカプセルがパカッと開く。

それと同時に、何もなかった耕助の足元に結構大きめの箱が三つ出現した。

「えっと、なになに？　完全栄養食（ブロックタイプ）？」

〔・この状況では、比較的当たりの部類。
・ちなみに、ガチャの結果は完全栄養食（ブロックタイプ）三日分〕
「確かに、三日間の食料が確保できたっていうのは、当たりか。つか、食料限定とはいえ、こんな加工品が出るんだな」

〔・ん。食料なら原始的なものから超未来のハイテク食品まで何でも出る。
・他のカテゴリーも同じ。
・ちなみに一番の当たりはハイレアの超技術保存食一年分（食器、調理器具、飲み物付き）。
・これは、百種類以上の保存食が三食から四食ずつ入ってて
・保存期間が三十年という素晴らしいもの。
・逆に、外れはポテチ一袋〕
「そんなのも入ってるのか……ポテチ一袋とか、たまったもんじゃないな……」

〔・ん。ちなみに、確率は大当たりも大外れも同じようなもの。
・あと、ガチャに関係して、鑑定の説明。
・鑑定スキルを付与してあるから
・一度手に持っているものを鑑定したいと念じながら観察〕
「ふむ……完全栄養食（ブロックタイプ）。一本五百キロカロリーで一箱に二本パックの個包装二組四本入り。一箱で一日分の基礎代謝を賄える。猛烈に口内の水分を持っていかれるので、飲み水

必須」

〔・それが、その完全栄養食の鑑定結果。
・もっとも、まだパッケージの裏に書いてある説明程度のことしか鑑定できない。
・今の熟練度だと、簡易鑑定しかできないと思って〕
「分かるだけましってことだな」

〔・そういうこと〕

鑑定についての説明を聞き、そう納得する耕助。

積極的に命がやばいような状況に追い込みこそしないが、そうそう楽をさせることもないというのがこの立て札の主のスタンスなのだろう。

それを考えれば、鑑定できるだけましというのは間違いない。

なお、鑑定結果は頭の中に浮かび上がる感じで耕助に認識される。

〔・それじゃあ、なんでもいいから木材と石材を五つずつ集めてくる〕

「木材は斧でそこら辺の木を切り倒せばいいのか？」

〔・それで問題ない。
・石材はそのハンマーかつるはしで、これぞって感じの大きな石を割って持ってくればいい〕
「ＯＫ。じゃあ、ちょっくら行ってくるか」

立て札の指示を受け、ぼろい斧とハンマーを拾い上げる耕助。

その時、ふと気になって股間に張り付いている葉っぱを鑑定する。

鑑定結果はというと、

〝武士の情け：謎の天狗面《てんぐめん》の自称空手家「儂《わし》にとてそれぐらいの情けはある！」〟

というものであった。

「おい、ちょっと待て……」

〔・何か問題でも？〕

「天狗面の自称空手家ってなんだよ……」

〔・なんだよも何も、天狗面付けた謎の空手家っぽい人。
・ほかに言いようがない〕
「……まあ、いいか」

あまりにあまりな鑑定内容に、突っ込むのも諦めて肩を落とす耕助。

ついでなので、渡された道具類を鑑定していく。

その内容は
〝ぼろい斧：何度か使えば壊れそうなボロボロな斧。これでも普通の木なら十本ぐらいは伐《き》り倒せるだろう〟

〝ぼろいハンマー：何度か使えば壊れそうなボロボロなハンマー。これでもそこらに生えている石を持ち運べるサイズに砕くことぐらいはできる〟

〝ぼろい鎌：何度か使えば壊れそうなボロボロな鎌。これでも雑草を刈ることぐらいはできる〟

ｅｔｃ．……

という、見た目どおりではあるがなんとも頼りないものであった。

その鑑定結果と一緒に、何らかのゲージが見えるのが不穏である。

「あれか……。このゲージが尽きる前に材料を集めきらないとだめってことか……」

〈・大正解。
・ちなみに、そのゲージはお察しのとおりの耐久力。
・ゼロになるとぼふんって感じで消滅する〉
「……余計なこと考えないで、まずは無心に木を伐るか……」

いろいろ不穏当な状況に腹をくくり、材料集めに出かけることにする耕助であった。

＊

（しかし、妙なことになったな……）

目についた木に向かって歩きながら、現状について思いをはせる耕助。

ものすごく不運なことに、実質身一つで異世界にあるらしい無人島に飛ばされたことは、事実として受け入れた。

また、服や財布、エコバッグのことを考えれば、絶対に元の世界に帰れないかどうかはともかく、少なくとも簡単に帰ることはできないという点だけは疑う余地がない。

なので、何らかの状況の変化がない限り、基本的にこの島で暮らす以外の選択肢はなさそうだ。

（……俺が何をしたっていうんだよ……）

そこまで考えて、現状を嘆く耕助。

謎の立て札がある程度生活を助けてくれるらしいとはいえ、家も服も食料も自力で作る必要がある時点で、どう考えてもまともな暮らしは望めない。

だが、元の世界であのまま暮らしていても、月が替わる前に金が尽きて詰むのは目に見えていた。

どちらがマシかは簡単に判断はできないが、いずれにしても不幸な状況なのは間違いないだろう。

耕助は気づいていないが、先ほどまでの耕助は住む家となけなしの財産の大半を失った絶望と、常識をあざ笑う類《たぐい》の異常事態により気力を根こそぎ奪われ、自殺を考えることすらできないほどメンタルがボロボロになっていた。

それが今では、ないよりマシ程度とはいえ下手に希望とか未来への展望とかが見えたため、現状の不幸を嘆く程度には復調している。

当人たちに自覚はないだろうが、立て札との会話（？）で、耕助はほんのわずかに立ち直り始めていたのである。

「この木、こんなクソみたいな斧で本当に伐れるのか？」

目的地に到着し、適当に選んだほどほどの太さの木を見て、正直な疑問を漏らす耕助。

ほどほどとはいえ自分の太ももよりは確実に太い、なんなら小学校低学年の子供の胴回りぐらいはある木だ。

耕助にとって初の伐採であることも含め、非常に心もとない状況だ。

もっとも、一番心もとないのは、ほぼ全裸でぼろい斧による伐採作業をやらされるという事実そのものではあるが。

「……考えてても仕方がないから、やるだけやってみるか」

そう腹をくくり、思いっきり斧を叩《たた》き込んでみる。

耕助の懸念とは裏腹に、そこそこの深さまで一発で斧が食い込む。

それと同時に、ずっと見えていた斧のゲージが微妙に減る。

「立て札の説明がゲームっぽいとは思ったけど、いくらなんでもゲーム的すぎないか、これ……」

あまりに非現実的な結果にうろたえながらも、もう一撃叩き込んでみる耕助。

今までいくつも非現実的な要素はあったのだが、わずかながらにメンタルが回復した影響でようやく実感が伴ったようで、今さらながらにこの程度のことで驚いているのである。

斧はさらに深く食い込み、あっさり全体の三分の二ほどを切り進む。

それと同時に、またしてもゲージが微妙に減る。

「……これ、一本伐るたびに、じゃなくて一回叩き込むたびに耐久力が減るのか……」

ゲージの減り方から、そんな推測をする耕助。

だとすると、おそらく斧の性能や耕助のスキル、伐る木のスペックで伐るために必要な回数や耐久力の減り方が変わってくるのだろう。

そんなことを考えながら三発目を叩き込むと、斧によって切り進んだ向きと無関係な方向に木が倒れる。

「……なんで斧を叩き込んだのと直角の向きに倒れるんだよ……」

物理法則を無視した、あまりに違和感が強すぎる現象に、思わず突っ込みを入れてしまう耕助。

ここがゲームチックな世界とはいえ、いくらなんでもこれはない。

「……まあ、いい。とりあえず、次を伐る前にまずはこの一本を立て札のところに持っていくか」

いちいち突っ込んでいてはきりがないからと割り切り、結構な重さがある木材を引きずっていく耕助。

裸足《はだし》なので足の裏がとても痛いが、不思議なことに皮も剥《む》いていない木材を素手で引きずっているというのに、特に手のひらにとげが刺さったり指先が切れたりはしないようだ。

なんにせよ、股間に葉っぱを張り付けただけの男が、それなりの太さと長さを持つそこそこ立派な木を引きずっているというのは、とてもシュールな絵面《えづら》なのは間違いない。

〔・おや、お早いお帰りで〕

「伐ったのをその場に放置しとくとものすごく邪魔になりそうだから、一回一回持ってくることにした」

〔・あ～……〕

「インベントリでもくれるんだったらともかく、それはなさそうだからがんばった」

〔・ん。別にそれぐらいあげても、干渉の度合いとしてはもはや誤差の範囲。

・ただ、くれと言われてホイホイ渡すのは、マイルールに反する。

・製作可能なものにそういう機能を持つアイテムもあるから、がんばって〕

「だろうと思ったよ……。あと四本でいいんだよな？」

〔・ちょっと待って、チェックする。

・約一本半のカウントだから、うまく選べば三本でいける。

・ただし、あんまり欲張って太くて大きいの選ぶと、斧がアボン〕
「だろうな。あとで斧とか作り直すための材料を伐ることまで考えると、ギリギリもつかどうかって感じなんだよなあ……」

〔・ん、大正解。
・多少余裕はあるけど、無駄や無茶ができるほどじゃない〕
「まあ、一本伐ってみりゃそれぐらい分かるわな。じゃあ、まあ、もうちょいがんばってくる」

〔・いってら～〕

立て札に送り出されて、次の木を伐りに行く耕助。

四本目で目測を誤り予想外にゲージが減って焦る羽目になった以外は、特に問題なく伐採作業が終わる。

「次は石、の前にちょっと休憩だな……」

なんだかんだで三十分ほど作業をしていたこともあり、急に疲労を感じて休憩する耕助。

現在の時刻は十二時を回っているので、昼休みに入るのにちょうどいい。

なお、いちいち突っ込まなかったが、耐久力ゲージが見えるようになったときに、なぜか現在の時刻も分かるようになっていたりする。

〔・おつ。
・にしても、状況的に仕方ないとはいえ
・耕助もよく、おとなしく作業に行く〕
「そりゃまあ、やらなきゃ詰むしなあ……」

〔・というか
・文句は言っても反抗する気はなさそうなの
・ちょっとどうかと思う〕
「反抗して、どうにかなるのか？」

〔・ならない。
・けど、それはそれとして
・すごい社畜っぽい〕
「自分でも、ちょっと社畜っぽいとは思ってる……」

立て札に指摘され、どんよりした表情でうなずく耕助。

現時点ではそれが功を奏している部分はあるが、なんにしてもあまり健全な状態とは言えない。

「……まあ、それはそれとして、腹減ったけど、食うものは現状この栄養バーだけ。鑑定結果のものすごく口内の水分を持っていかれるっていうのが、結構怖いんだよなあ……」

〔・井戸はあるから、水は飲み放題〕

「桶《おけ》から直接いけってか？　まあ、別にそれでもいいんだけどなあ……」

そう言いながら井戸に近づき、水を汲み上げる。

「さて、食うか。味は……、バニラにフルーツにチョコか」

〔・ちなみに、今回は出なかったけどメープルとチーズもある〕

「食えるだけマシなんだろうけど、個人的にはバニラよりチーズのほうがよかったな」

〔・そこはランダムだから仕方がない〕

「まあ、ガチャだからなあ……」

などと立て札と会話しながら、バニラ味のパッケージを開ける耕助。

二本ひとパックになっている個包装を開封し、一本目を口にする。

「いわゆるブロックタイプのバランス栄養食の、それも無難な味ってやつだな。この水分の持っていかれ方も、よく知ってるやつだわ……」

〔・ガチでずぼらな人のお供。
・これとゼリータイプの高カロリー食
・どっちが人間としてマシな食生活なのかは
・永遠の課題〕
「かもなあ。しかし、これで五百キロカロリーか……」
〔・食べた気がしないのは分かる〕
「のくせに、異様に腹に溜まるんだよなあ。食えて二本だわ」
〔・三本以上は肥満に一直線〕
「いや、その前に、この環境で毎回こんなもん三本も食うようじゃ、飢え死にする未来しか見えん」
〔・ん、同意〕
そんな話をしながら合間合間に水を飲み、もう一本を食べきる耕助。
なんだかんだでずっと何も食べていなかったので、二本ぐらいは余裕で食べることができた。
「さて、次は石か。木材とは別の方向で腰にきそうだな……」

〔・がんばれ～〕

昼食なのか間食なのか微妙な食事を終え、次のノルマを達成しに行く耕助。

すでに突っ込むべきことは伐採の時点で突っ込み終わっていたので、石集めはひたすら黙々と作業を進めることに。

ゲージの減りを見ながら不自然に地面に埋まっている石をハンマーで叩いて砕き、拾い集めては立て札のもとへ運ぶこと四往復。

〔・あっ、これで必要数は揃《そろ》った。
・おつ～〕
「そうか。四回しかやってないけど、それでいいのか？」

〔・ん。石は重量でカウントしてた。
・どれくらいとか説明してもどうせ計れないから
・砕く石の個数で指示〕
「なるほどな。それで、クラフト台はすぐできるのか？」

〔・ん。五カウントで完成する。
・というわけで、立て札パワー発動〕
耕助に問われ、淡々とそう告げてクラフト台を作り始める立て札。

置かれていた木材と石が光って宙に浮き、立て札にタイマーゲージが表示される。

そのゲージが満タンになってすぐに、耕助の目の前にこまごまとした道具がたくさん載った台が出現した。

素人が使うには持て余しそうな、かなり本格的なものである。

「これがクラフト台か。……やっぱり、これにも耐久力ゲージはあるんだな……」

〔・ん。
・ありとあらゆるものにＨＰか耐久力がある。
・これが、この島の絶対的なルール〕
「てことはだ。常にクラフト台と素材を集めるために使う道具を作る、もしくは修理するための材料は確保しておかないと詰むってことか……」

〔・そうなる。
・資源は本質的には無限だけど、一度に確保しておける分量は有限。
・ご利用は計画的に〕
「はあ……。先が思いやられるな……」

〔・がんばれ～。
・ボクは、期待しながら観察してる。
・具体的にはバブル崩壊前後ぐらいの地上波バラエティ番組の
・体張った企画ぐらいの四苦八苦ぶりを〕
「だろうと思ったよ！」

立て札の要望に、思わず絶叫してしまう耕助。

不運から始まったよく分からない異世界無人島生活。

なんだかんだで、本当に必要最低限の活動基盤はどうにか確保できた耕助であった。

第2話 生活環境を整えよう

その1 材料を集めよう

〔・さて、無事クラフト台ができたところで
・クラフトスキルが解放されたはず〕
「へ？　そうなのか？」

〔・ん。クラフト台の前に立てば分かる〕

立て札に促され、クラフト台の前に移動する耕助《こうすけ》。

クラフト台に手を置いた瞬間、頭の中に作れるものと材料が思い浮かぶ。

「なるほど、頭の中に浮かんだ材料を集めてきて、この上に置けば製作開始できるってわけか」

〔・ん。さすがにゲームみたいにゲージが出て勝手に完成ではないけど
・作業そのものは大幅に簡略化されてる。
・今あるレシピのものぐらいなら
・品質を気にしなければまず失敗せずに作れる〕
「失敗する可能性があるんだな……」

〔・もちろん
・そのためのスキル〕
なかなかシビアな話に、真顔になるしかない耕助。

本当に身一つで飛ばされたケースと比べれば圧倒的に恵まれているが、この種の物語にありそう

なチート類ほど圧倒的な能力はないらしい。

まさしく、スローライフ系サンドボックスゲームの開幕直後、といった状況である。

「ところで、道具の修理は無理なのか？」

〔・今は無理
・スキルが足りないし、それ以上に耕助のキャパシティが足りてない。
・もっとがんばって環境を整えて、自身を鍛えるべし〕
「キャパシティときたか。一応聞いておきたいんだけど、習得したスキルって全部常時機能してるのか？　それとも、意識してスキル欄にセットしないとダメなタイプか？」

〔・常時発動のほう〕

「ってことは、キャパシティの範囲内で習得するスキルを考えないと詰むタイプか……」

続けて出てきた厄介な情報に、どんどん表情が渋くなっていく耕助。

そこに、立て札が補足説明を入れてくる。

〔・そもそも、耕助に習得するスキルのコントロールはできない。
・キャパシティも、耕助が成長すれば勝手に増えていく。
・ただ、意識して増やそうとすると死ぬほど苦労するだけ。
・なので、後先考えずにガンガン習得してガンガン鍛えるべし〕
「コントロールできないって、またなんで？」
〔・行動に応じて勝手に覚えるから〕
「マジか……」

〔・あらためて説明しておくけど、
・ゲームっぽい状況だけど、これはゲームじゃない。
・だから、スキル習得もゲームみたいに自分の都合でとはいかない。
・今耕助が身につけてるものは例外的に救済措置として簡単に習得してるけど
・本来、スキルなんてひたすら訓練と反復作業で体に染みつかせるもの〕
立て札の正論に、そりゃそうだと納得する耕助。

ゲームのようにビルドを決めて必要なものだけ習得など、普通に考えてできるわけがない。

なお、それを言い出せば救済措置という建前ですでに絶対必要となるスキルを付与するというご都合主義が発動しているわけだが、そもそもそれがなければ彼の無人島生活はすでに詰んでいる。

なので、そこに突っ込むつもりはないのだが、だったらもう少しぐらい優遇してくれてもいいのではと思わなくもなかったりはする。

「まあ、選べないなら選べない前提でがんばるしかないか」

〔・ん。そもそも、大体のスキルは習得条件を満たすころには普通にキャパシティも足りてる。
・もっと言うなら、スキルを習得するということは、それが必要だったということ。
・習得したからって損はしないから、細かいことは考えない〕
「だな」

とことんまで正論をぶつけてくる立て札に同意し、次の作業に入ることにする耕助。

ここであっさり納得して引き下がるから、社畜っぽいと言われてしまうのだろう。

が、この手の作業というのは一段落すると、次は何をすればいいのか悩むことになりがちである。

特に今回は、クラフト台の導入で一気にできることが増えたのだから、余計にであろう。

「で、なんか一気にやれることとか作れるものとかが増えたんだが、この後は何をやったらいいんだ？」

〔・基本的には木材と石を集める作業を続行。
・ついでに草刈りもしておくといい。
・アドバイスとしては、最初に渡した道具を使いつぶすまで材料集め。
・その後、新たに道具類を作り直してから予備をいくつか作る。
・クラフト台の材料も二回分ぐらいは確保しておくこと〕
非常にポンコツな耕助の質問に対し、ちょっと考えれば分かりそうなことを細かく説明する立て札。

今後の生活を考えると、立て札的にはこれぐらい自分で考えてほしかったのだが、異常な状況に適応しているようで適応していない感じなので、しばらくはしょうがないかと大目に見ることにしたのだ。

あと、本人の自覚は薄いが、何気にかなり深刻なレベルで指示待ち社畜精神に侵されている。いくらどうにもならないとはいえ、すでに葉っぱ一枚のほぼ全裸に文句も出なくなっているあたりにも、その問題が見え隠れしている。

こういうのは矯正に時間がかかるものなので、そういう意味でもしばらくは大目に見ることにしたのである。

「ＯＫ。つうか、よく考えたら、聞くまでもなかったよなこれ。我ながらポンコツすぎてちょっとハズい……」

〔・バーヤ、バーヤ（棒読み）
・AA略〕
「わざわざ煽《あお》んなや……」

〔・ぷー、クスクス（棒読み）
・ざーこ、ざーこ（棒読み）〕
「ケンカ売ってんのか？　棒読みってついてりゃ、どんな煽りやっても許されるってわけじゃねえぞ……」

〔・実際に棒読みだったから棒読み表示されただけ。
・ぶっちゃけ、ガチのメスガキほど本気の煽りは無理。
・単に、ここでやらないとやる機会がなさそうだからやっただけ。
・ネタ師としては、タイミングがあるのにやらないという選択肢はない〕
「いや、普通にスベりそうだから、そこは自重してもいいんじゃないか？」

どこまで本気か分からない立て札の言い分に対し、まだこれから作業だというのにどっと疲れが押し寄せてくる耕助。

現状で唯一コミュニケーションが取れる相手なので、かかわらないでおくという選択肢はないが、こういうところはもう少し何とかならないかと思わずにはいられない。

「まあ、いいか。まずは限界いっぱい材料を集めてくるわ」

〔・いってら〜〕

立て札に送り出され、持てるだけの道具を持って材料集めに行く耕助。

もっとも、先ほど使わなかった鎌はともかく、斧《おの》とハンマーはすでにいつ壊れてもおかしくない状態である。

それに、インベントリ的なものがないという状況は何も変わっていない。

結局、耕助はすぐに立て札のところに戻ってくることになる。

「……先に使いつぶしてから運ぼうと思ったんだが、斧は二本目切り倒すまでもたなかったわ……」

〔・ああ、やっぱり。
・さっき持ってきた木の太さから、そんな気はしてた〕
「つまり、やばかったってことか……」
〔・危うく、救済措置を用意する羽目になるところだった〕
「救済措置があるのか？」
〔・どうしようもなく詰んだときだけ、一応用意してる。
・ただし、こちら側の暗黙のルール及びマイルールから、三回までの予定。
・なお、この三回がトータルで三回なのか、
・それとも一日に使える最大回数なのかは、現在協議中。
・また、救済措置といっても、今回の場合は耐久力が半分になった斧を渡すだけ。
・なので、変に期待されても困る〕
「だよなあ。そんなに甘くはないよなあ……」

かなりしょっぱい内容に、納得しつつも落胆する耕助。

救済措置があるだけマシだが、やはり楽はさせてくれないらしい。

「石と草があればもっぺん斧が作れるっぽいし、今のところ最優先はそこだな……」

〔・がんばれ～〕

立て札にゆるく送り出され、もう一度素材集めに向かう耕助。

結局ハンマーも二回ほど石を砕いたところで壊れて消滅し、すぐにクラフトしに戻ってくることになる耕助であった。

＊

「……ぎりぎり斧とハンマーは作り直せるな。鎌までは材料が足りないか」

回収してきた素材をもとに、何が作れるかを確認する耕助。

鎌を作るのに意外と大量の石がいるとか、伐《き》ってきた木材が微妙なサイズで端材はたくさんできるが柄《え》としては長さが足りなくてそんなに数が作れないとか、嬉しくない情報が大量に出てくる。

「まあ、まずは木材を棒に加工だな。斧とかハンマーの柄だけでなくほかのことにもいろいろ使いそうだし」

作れるものや必要な素材を確認し、いろんなことに使う長さ一メートルほどの棒を作れるだけ作ることにする耕助。

実のところ、そのままの長さで使うことはほぼなく、このあと作るものは大体半分ぐらいの長さでいける。

だが、長い分には使いまわしがきくので、とりあえず今のクラフト台と耕助の技量で加工できる最長サイズで作っているのである。

というより、最長サイズでないと失敗しそうな予感があったというのが正しい。

「ちょっと待て。軽い力で表皮を剥《は》いだり握りやすい太さに削ったりできるのはいいとして、なんで切り落とした破片が破裂するんだ？」

という感じで十分ほど素材と格闘を続け、クラフト台の意味不明な挙動に振り回されながらもどうにか木材の加工を終える耕助。

その様子を立て札が含みを持ちながら見守っているような気配を感じ取りつつも、次の作業に移ることにする。

本来なら戸惑うことなくあっさりと作業が進むことに感動すべきなのだろうが、いちいち挟まる物理法則とかを無視した意味不明な現象に振り回されて、そっちに意識が向かないのだ。

「次は、刈ってきた雑草の繊維を編んでひもを作って……」

斧やハンマーの頭と柄の接合部を縛るためのひもを、雑草を加工して作る耕助。

本来ならそんなものはいらないのだが、素材も作りも間に合わせもいいところなので、この手のフォローが必要になるのだ。

ちぎった草が別のところにつながったりいきなり膨れ上がったりといった、どうにも物理演算がバグってるのではと疑いたくなるような挙動に悩まされつつも、どうにか刈ってきた雑草すべてをひもに加工し終わる。

こちらは木材や石と違い、現状ではひもに加工する以外の使い道がない。

機材か技量かのどちらかが足りないから他に加工できないのだろうというのはなんとなく分かるのだが、分かったところで今の時点ではただひたすら素材を加工して必要なものを作って腕を磨くしかない。

必要なものを作りながらスキルが鍛えられているのだから、ネトゲでありがちなレベル上げのためにゴミを生産し続けるという状況でないだけマシであろう。

「最後は斧の刃とハンマーヘッドを作って……。結構細かく砕けてる石が、なんでクラフト台で適当にこね回したり叩《たた》いたりしたら一つの大きな塊になるのかは、深く考えたらダメなやつなんだろうな……」

粉々とまではいわないものの、大部分が片手で数個持てる程度のサイズになっている石を石斧《いしおの》やハンマーとして機能するサイズに合成できるというのは、意味不明にもほどがある。

しかも、合成した石の塊は、もともと破片だった名残がどこにもないのだ。

そうでないと作業的に困るのも事実だが、中途半端に入ってくるゲーム的な仕様は、耕助にとって違和感が強く、どうにも慣れない。

「……さて、あとはこれを組み立てれば斧とハンマーは完成だけど、あんな作り方で作った斧とかハンマーが、本当に使い物になるのか？」

原理不明なまま完成した斧の刃とハンマーヘッドを手に、悩ましい顔でそう言う耕助。

気にしたところで無駄ではあるのだが、見た目だけはしっかりできているため、実は使い物にならないほど脆《もろ》かったとしても見分けがつかない。

問題は、この斧とハンマーが使い物にならなかった場合、素材を集めることができなくなって詰むことだろう。
〔・悩んでる暇があったら、実際に使って確かめるべし〕
「そうなんだけどなあ……」
〔・うじうじされても鬱陶《うっとう》しいから、独断で特別仕様決定。
・今日一日は、チュートリアルということで救済措置の回数無制限〕
「いいのか？」

〔・ん。
・耕助しかいなくて今後補充の可能性もほぼないから
・初日で詰んで終わりはもったいない〕
「そうか、悪い。しかし、本当に俺しかいないんだな……」

〔・いないから、手間かけて面倒見てる。
・なお、今後この島に
・誰かが流れ着いてくることが確定していたなら
・耕助のことは見捨ててた。
・神は、自ら行動する者しか助けない〕
「だよなあ……」

立て札に厳しい現実を突きつけられ、思わずうなだれる耕助。

異常な状況に立たされているとはいえ、これはあまりにも情けない。

〔・あっ、しまった〕
「ん？　どうした？」
〔・大したことじゃないけど
・ざーこ、ざーこ（棒読み）は
・このタイミングで使うべきだった〕
「本気でどうでもいいというか、大したことじゃないな……」

〔・致命的なことだったら、もっと慌ててる〕

「だろうな」

いきなり出てきたクソしょうもない話に、ジト目になりながらそう突っ込む耕助。

生殺与奪を握っている相手に対して非常にリスキーな対応だが、ここまでの反応を見るにこういう突っ込みの範疇《はんちゅう》に入る態度ならば気にしないのは分かっている。

というよりむしろ、ボケには突っ込め、というプレッシャーのようなものが立て札を通してにじみ出ている。

「てか、ずっと気になってたんだが……」

〔・ん？　なに？〕

「なんか、あんたが使うネットスラングとか、絶妙に古いよな」

〔・むう、ついに言われた〕

「そもそも、どう考えてもあんたは神とかそっち方面の、いわゆる上位存在とかの類《たぐい》だよな？　さっきの神は自ら云々《うんぬん》も、慣用句的な言い回しだけじゃなくて自分は神だって意味もあるよな？」

〔・ん、そうなる〕
「……違うと言われても嘘《うそ》つけって秒で突っ込んでたとは思うけど、またやけに素直に認めたな？」
〔・この状況でごまかしても、ネタにもならない〕
「いやまあ、そうなんだが。まあ、それはいいとして、そんな存在が、なんで地球の一部地域のネットスラング、それも絶妙に古い感じのを知ってんだよ？」
〔・身内に仕込まれた。
・どういう身内かは、プライベートのことだから黙秘。
・それを明かすには、耕助との親密度と好感度が足りない。
・たとえば『耕助』があだ名とか愛称になるとか
・それくらいの親密度アップは欲しい〕
「単なる雑談のネタだからそこまでは聞かないけど、どんな身内なのかは気になるな。主に性格とかそういうキャラクター面について」

〔・ボクの性格とか言動は、ほぼほぼその身内が伝染《うつ》った感じ〕

「本気で、どんなキャラなんだ……」

立て札の告白に、どことなく恐ろしいものを感じて乾いた声でそう漏らす耕助。

どう考えても、相当濃い存在だ。

〔・機会があれば、代表的なエピソードを教える。
・そういう耕助も、社畜っぽい感じなのに
・ゲームとかネット小説に妙に詳しい。

〔・なんで？〕
「なんでもなにも、社畜だから、金も時間もかからないネット小説とか基本無料のソシャゲを気分転換に触ってたからだが？」
〔・なるほど。
・いろいろ気になることは出てきたけど、それはおいおい。
・今は、その道具類のテストから〕
「……ああ、そうだな」

立て札に促され、作ったばかりの斧とハンマーを手に取る耕助。

立て札とのバカ話のおかげで、なんとなく不安が吹っ切れたような気がしなくもない。

「さて、がんばってみるか」

〔・がんばれ～〕

立て札に促され、先ほど途中で斧が壊れた木を伐りに行く耕助。

なお、運搬の問題もあるため、木も石も立て札が見える範囲の距離で集めている。

「さすがに、このぐらいの時間で元に戻るってことはないか。どこまで自分の常識が通じるのかよく分からないし、こういうのも手探りで身につけていけってことだよな」

ありがたいことに、先ほど伐りそこなった木はそのまま傷がついた状態で残っていた。

恐らくあと一撃か二撃で伐り倒せるであろうその木に、全力で斧を叩き込む耕助。

狙いどおり、きっちり一発で木が倒れる。

「よし、斧も大丈夫そうだな。これ運んだら次いくか」

耐久ゲージの減り方を見て、満足げにうなずく耕助。

とりあえず、これで不安の半分は解消された。

残りの半分は、詰まない程度にずっと材料が手に入るのかという点なのだが、これは今の時点では何も分からないのでいったん棚上げする。

そのあと、耐久力チェックも兼ねて十本ほど木材を伐り、耐久ゲージが残り三割を切ったところで立て札から見える範囲に生えている木を全部伐ってしまったので作業を終える。

「そういや、こいつの鑑定を忘れてたな。最初からそれでチェックしてれば、立て札に煽られずに済んだんじゃ……」

ここまできて、己の抜けに気がつく耕助。

自分で作った石斧の鑑定をし忘れていたのである。

これでは、立て札に何を言われてもしょうがない。

なお、立て札に対してなぜ鑑定してみろと言わなかったのか、と文句をつける気はさすがにない。

相手がそういう性格だというのもあるし、そもそもよほどでない限り耕助が忘れていたり気がつかなかったりすることについては、気がつくまで触れないルールがあるようだ。

なんにせよ、究極的には耕助が間抜けなのが悪いという話でしかない。

そう割り切って、気を取り直して斧とハンマーの鑑定をする。

〃粗雑な石斧：ものすごく雑な作りの石斧。最低限の機能しかないが、それなりに丈夫にできている。少なくとも、ぼろい斧よりは作業効率が良く長持ちする〃

〝粗雑な石のハンマー：ものすごく雑な作りの石のハンマー。最低限の機能しかないが、それなりに丈夫にできている。少なくとも、ぼろいハンマーよりは作業効率が良く長持ちする〟

「やっぱり、最初から鑑定しとけばよかったか……」

鑑定内容を見て、心底がっくりくる耕助。

必要最低限のことしか分からない鑑定だが、結果を見た限り使い物になるかどうかは普通に分かる。

なので、うだうだやっていた時間は本当に無駄だったのだ。

「なんかこう、クラフト台ができてからの俺、情けないにもほどがあるな……」

あまりの情けなさにへこみつつ、石のほうも集めて回る耕助。

同じように石を砕いては運びを繰り返し、ゲージが残り三割を切ったあたりでこれまた近場の石が全部なくなる。

なお、素材も鑑定をするようにしたものの、結果が単なる石とか単なる木とかだったので、今のところ大して役に立たない。

「まあ、これだけあれば道具類とクラフト台の予備はいけるな」

積み上がった素材を見て、当面詰みの可能性が消えたのではと安堵《あんど》する耕助。

［・おつ。
・なんかへこんでた感じだけど
・もしかして、今ごろ鑑定の存在を思い出したとか？］

「ああ、そうだよ。間抜けなことにな、近場の木を伐り終わるまでまったく気がつかなかったんだよ……」

〔・急に与えられた能力なんて、そんなもん。
・慣れてるゲーマーでもちょくちょくやるポカミス。
・そもそも、普通の人の日常に鑑定なんて行動は入らない〕

「……やけに優しいな……」

〔・煽ったときみたいに普通に気がついてしかるべきことはともかく
・気がつかなくてもしょうがないことまでいじるのは
・ネタじゃなく単なる意地悪。
・それをやると、『いい性格してる』じゃなく『性格が悪い』になる〕

「なるほどなぁ～」

いまいちよく分からない基準に内心首をかしげながらも、表面上は納得しておく耕助。
せっかく慰めてもらっているのだから、ここは良しとするべきだろう。

「さて、他に取り急ぎやることは……斧とハンマーをもう一本ずつと、鎌をあと二本ぐらい作っておくあたりか」

〔・ん。それが終わったら
・お皿とかの小物と火をおこす道具を作るべし。
・無人島生活での必需品〕

「火をおこす道具って、火打石《ひうちいし》とかあの系統か？」

〔・火打石に似てるけど、もっと便利なものがある。
・木をこすり合わせたりとか火打石を一生懸命打ち合わせたりとかよりは
・圧倒的に楽な道具がある〕
「そんなもんがあるのか」

〔・ん。とはいえ、現代文明ではもっと便利なものがいっぱい。
・普段使いとしては普通に駆逐されて、趣味の人以外にはなじみがなくなってる〕
「だよなあ。ライターだけの話じゃなくて、炭に着火するのも着火剤とか便利なものがあったし」

〔・ん。文明と技術の発達はすごい。
・でも、意外。
・耕助が、炭に着火する経験してるとは〕
「勤めてた会社が、求人募集にアットホームな会社ですって書いてるタイプでな。休日にバーベキューに駆り出されては、炭おこしをやらされてたわけだ」

〔・ああ、アットホーム（隠語）っていう……。
・でも、そういうのに引っかかるとか、世間知らずすぎない？〕
「就職した当初はそうでもなかったんだけど、よくある代替わりでダメになった感じでな」

〔・二代目がブラック企業の思想にかぶれて会社をつぶす。
・割とよく聞くあるある。
・なんにしても、耕助がひょろい体してた理由に
・ものすごく納得〕

横目で立て札を見て疑問に答えつつ、二度目となる斧とハンマーづくりを進めていく耕助。

二度目だけに多少手際は良くなったものの、出来栄えが大きく変わるかというとそんなことはない。

なので、出来上がったものは、最初に作ったものと耐久ゲージの残量以外違いが分からない代物であった。

「次は鎌っと」

〔・がんばれ〜〕

「おう。というか、やたら簡単に作れるよな、この系統」

〔・一番最初のレシピで一番使いつぶすものが簡単に作れないのは
・ゲームバランスとしてアウト〕
「いやまあ、そうだけど。しかし、斧の時も思ったけど、よくこんななまくらで切れるもんだよな」

〔・そこは、この島のゲーム的物理法則が仕事してる〕

「ありがたいけど、やっぱり釈然としないものがあるな……」

などと言いつつ、手際よく鎌を二本完成させる耕助。

そのあたりで、コップや皿、トレイなどの生活雑貨のレシピが頭の中に思い浮かぶ。

「なんか、大量に細かいもののレシピが思い浮かんだんだけど、クラフトのレベルが上がったとかか？」

〔・さすがに、この程度で上がるほど甘くない。

・単に、作ったものの種類と数が条件を満たしただけ。
・食器と小さめの収納でも作れば
「ファイヤースターターがアンロックされる」
・ファイヤースターター？　着火器具か？」
〔・ん。そろそろ日が暮れる。急ぐべし」

「もうそんな時間か」

立て札に言われ、大慌てでミカン箱ぐらいのサイズの収納ボックスと皿やコップ、箸《はし》といったものを作っていく耕助。

途中でトイレの穴を掘って用を足したりしながら大体の食器類を作り終えたところで、ファイヤースターターと薪《まき》、桶《おけ》、茣蓙《ござ》のレシピが思い浮かぶ。

「このタイミングで、薪のレシピか……」

〔・詰み防止の一環。
・最初に大量に薪作ったら詰む」
「妙に親切設計だな」

〔・ここで重要なお知らせ。
・薪はともかく、桶とファイヤースターターは
・普通に失敗が発生する」
「あ〜、どっちも作るの難しそうだからなあ……」

〔・構造というか、作業手順が今までのものより複雑。

・だから失敗する。
・失敗すると材料全部アボン〕
「つまり慎重に……、やっても変わらないか……」

〔・ん。どうせ今の技量だと
・失敗するかどうかは確率の問題〕
立て札からの説明に、先ほどの石斧の時とは違う不安が頭をよぎる耕助。

一京分の一の確率で起こる不幸を引き当てる凶運を持つだけに、普通に失敗を量産しかねない。

ちなみにファイヤースターターとは、マグネシウムやフェロセリウムといった金属を用いて作ったロッドを、ストライカーという名称の部品で擦って火花を作るための道具で、火打石の発展形のような道具である。

今回作業手順が複雑になる理由は、正体不明の石をロッド状に成型しつつ火花が飛ぶように成分などを調整するという、錬金術とか魔法とかの方面じゃないのかと言われそうな作業が入るからだ。

なお、この種の道具でもう少し使い勝手がいいものにファイヤーピストンというものがあるが、こっちは熟練度が足りないのでレシピがアンロックされていない。

「……材料、足りるかな？」

〔・そこを心配する？
・と、言いたいところだけど
・勤めてた会社がブラック化した挙句こんなところに来てる運を考えると
・ありえないとは言い切れない……〕

「だろ？　まあ、やってみるけど」

そう言いながら、先にほかのことに使えない端材を薪やチップに加工する耕助。

種類と製作総数で新たなレシピがアンロックされるということなので、少しでも数を稼いでおくことにしたのだ。

そうして、端材の処理が終わったところで、大きく深呼吸してファイヤースターターの製作に入る。

「確かに、こりゃ難しそうだ……」

最初の部品の加工からして、今までのようにスムーズにいかずに苦戦する耕助。

そもそもの話、これまでこの手のものづくりは学生時代の実習でしかやってこなかったのだから、簡単に木材や石を加工できていた今までがおかしい。

なので、本来の実力からすれば、現時点でも相当補正が効いているのは間違いない。

もっとも、これも石斧などと同じである種のセーフティネットなので、失敗確率は実は1パーセントしかない。

技量が影響する部分は使いやすさと使用可能回数だけという、実にサービスが利いた代物だ。

だが、そんな事情を知らない耕助の不運は増すばかりで……。

「あっ……」

〔・……ん。まあ、一回目は想定内〕

「まあ、そうなんだけどなあ……。あっ……」

〔・二連続までは可能性として予想してた。

〔・むしろ、最初のほうで失敗判定が出てよかった〕
「……なあ、これって成功かどうかどういうタイミングで決まってるんだ？」
〔・確か、最初の工程に取りかかった時点で判定が入って
・失敗した場合、どの工程のどのタイミングで失敗したかを工程ごとに判定。
・失敗の判定が出たところで、エフェクトとともに作りかけのものがアボン。
・だから、失敗自体は作り始めた時点で確定してる。
・部品一個作るたびに判定、みたいな鬼仕様じゃないから安心して〕
「何回も判定が入る仕様だったら、絶対完成品は作れないだろうな……」

〔・ん。その場合、耕助でなくても危険〕

耕助の感想に、立て札がそんなコメントを添える。

実際問題、たとえ失敗の確率が1パーセントだったとしても、判定が十回あれば9パーセント強の確率で失敗することになる。

計算上は十回だから一割、二十回だから二割の確率というわけではないが、どちらにしても判定の回数が増えれば加速度的に失敗しやすくなるのは事実だ。

「……冗談抜きで、材料足りるか、これ？」

〔・失敗の確率は1パーセントのはずなのに、五連続。
・さすがとしか言いようがない運のなさ〕
「こうなると、ガチャでポテチ引かなかったのは奇跡の範疇だよな……」

〔・そこまでではない、はず〕

「っと、やっと成功した」

【・おつ。
・さすがに、材料を使い切るまではいかなかった】
「だな。あとは寝床のための莫蓙を作って……、こいつは失敗しないのか？」

【・そこまで詳細なデータは、覚えてない。
・でも、材料に木の皮が含まれるだけで、やることはひもづくりの発展形。
・たぶん、失敗はしないはず】
「なら、安心して作れるな。それと、一応桶までは作っておいたほうがいいか？」

【・アンロック的な意味では、できれば今日のうちに。
・でも、時間的にも運勢的にも無理かも】
「だよな……」

そういいつつ、せっせと莫蓙を編んでいく耕助。

立て札の言うとおり、莫蓙は判定がなかったようで、無事に編みあがる。

そのままの流れで、とりあえず桶にチャレンジしてみたところ……

「あっ、できた……」

【・今のスキルレベルだと失敗が5パーセントぐらいあったのに……。
・いや、むしろ5パーセントもあったから？】
「ありそうだな、それ……」

なぜかあっさり完成した桶にいろいろがっくりきながら、火をおこして夜を越す準備をする耕助であった。

第3話 生活環境を整えよう その2 伝言板を作ろう

〔・朝～、朝だよ～〕

「どわっ!?」

翌朝。妙な振動音と圧迫感で目が覚めた耕助《こうすけ》は、起き抜けに視界に飛び込んできた立て札のドアップに驚いて飛び起きる。

はたから見れば股間に葉っぱ一枚で寝ている変態が、いきなり生えてきた立て札に襲われているというとてもカオスな絵面《えづら》である。

「な、なんなんだ、いったい……」

〔・古《いにしえ》の起床の儀式。
・ちなみに原典をパロった作品だと
・ネ右一覚醒させて学校行くよ～、と続く。
・なお、『ネ右一』と書いて『ゆういち』と読むらしい〕

「なんで原典じゃなくてパロったほうを出してくるんだよ……」

〔・ダイレクトにネタにして大丈夫か不安だったから

・とりあえずちょっとだけ逃げてみた〕
「何がどう不安なのかは分からないが、ネタをやめるって選択肢がないのだけは分かった」

〔・ん。ネタを諦めるなんて
・ボクの存在意義にかかわってくる〕
「そこまでか……」

朝っぱらからネタに全力投球な立て札に、ドン引きしながらかろうじてそう返す耕助。

「というか、その立て札、動けるんだな」

〔・ん、当然。
・ただ、それなりに面倒だから
・長距離移動は必要なときだけ。
・原理は秘密。
・ちなみに大きさも自由自在～〕
「朝からいらんネタぶっこむのは、必要なことなのか？」
〔・もちろん〕
「そうか……。まあ、そうなんだろうな……」
今日も朝から絶好調としか言いようのない立て札に、それ以上考えることを諦める耕助。
いないといろんな意味で困る時点で、立場としては自分のほうが圧倒的に弱い。
〔・というわけで、今日のガチャを〕
「分かった分かった。ガチャを回してくれ」

〔・りょ〕

立て札の押しに負けて、本日のガチャを回す耕助。

二度目となるガチャマシーンのレバーが回る演出をぼんやり見守っていると、突如カプセルの排出口（イラスト）が派手に輝く。

「なんだなんだ？」

〔・スーパーレア以上の確定演出。

・出てきたのは銀カプセルだから

・スーパーレア〕

「そうか。いいものが出ると助かるんだが……」

レアリティの高さに、がぜん興味がわく耕助。

そんな耕助が見守る中カプセルが開き、目の前にずどんと何かが落ちてくる。

「な、なんだなんだ!?」

〔・お〜。

・見事にレアリティが高いガラクタ〕

「かなりでかいな、これ。てか電化製品の類《たぐい》か……」

〔・ん。だから、ガラクタ。

・この世界だと、電化製品は希少価値が高いから

・最低でもスーパーレア〕

「希少価値をレアリティに反映してるって言われちまうと、反論できねえ……」

そう言いながら、出てきたでかい箱を鑑定する耕助。

鑑定結果は、

〝業務用洗濯機：アメリカ仕様の業務用洗濯機。仕様が違うため、日本で使うには電圧の変換をはじめいろいろな処置が必要〟

であった。

「そんな気はしてたけど、やっぱ洗濯機かよ!!」

〔・m9（＾Д＾）プギャー

・ＮＤＫ、ＮＤＫ〕

洗濯機と知って荒れる耕助に対して、煽《あお》るように左右に揺れながらそんな言葉を表示する立て札。

なお、立て札が言ったＮＤＫとは、『ねえ、今どんな気持ち？』の略である。

「レアリティ演出で期待させやがってクソが！」

〔・お～、荒れてる荒れてる〕

「何が腹が立つかって、物自体はレアリティ相当にすげえ便利なのに、今だと二重の意味で何の役にも立たないってことだよ！」

〔・確かに。

・そもそも電源がないから使い物にならないけど

・仮に動かせたところで洗うものが何もない〕

耕助の怒りについて、それはそうだろうと納得する立て札。

股間に武士の情けと名付けられた葉っぱを張り付けているだけの耕助に、洗濯物など存在するわけもない。

耕助からすれば裸族であることを揶揄《やゆ》されているようなもので、その前の期待からの落差も併せれば怒るのも無理はないだろう。

「そういや、今回は棒読みってつけてないな」

〔・久しぶりに、本気で笑った〕

「……おい」

〔・まあ、こんなおまけのことは置いておく。
・さっさとご飯食べて、今日の作業に入るべし〕
「……だな」

ひとしきりいじって満足したからか、あっさりと話題を切り上げて話を進めようとする立て札。

耕助も立て札に同意し、昨晩開封した完全栄養食の残りの一本を取り出す。

「しかし、やっぱり水分持ってかれるなあ……」

〔・その手の食べ物の宿命だから、諦めて。
・で、まずは昨日のリザルトから。
・食べながら確認して〕
「おう。……あれだけクラフトやったのに、各種スキルは全然変わってねえんだな……」

〔・あの程度の作業量でスキルが育つとか、甘いとしか言えない。

・最初の1レベルが上がりやすい仕様になってるネトゲでも
・あれくらいだとものによってはレベルアップしない〕
「そうなのか」

〔・ん。
・この島はだいぶゲームっぽい仕様になってるけど
・習熟関係まではゲーム的じゃない。
・スキルそのものの習得が簡単なのも
・あくまで救済措置の類〕
「そっか。つまり、甘えるな、と」

〔・そう〕

時々見せるシビアさで、耕助の甘えをぶった切る立て札。

立て札的には詰みさえしなければいいので、そんなにスキルをバカスカ習得させて成長させるつもりはない。

その手の俺TUEEEはすぐに飽きるし、あまり早くに開拓が終わっても面白くないのである。

「甘えるなと言われてる状況でこれ聞くのもどうかと思うんだけど、この島に来てから救済措置で習得したスキルって、将来的に取り上げられたりするのか？」

〔・さすがにそこまでシビアにはしない。
・そもそも、そのくらいの能力だと
・小さすぎて取り上げるのも難しい。

〔・熟練度の数値が上がるころには自力で習得したのと変わらなくなるから
・そういう意味でも取り上げるのは実質不可能〕
「そうか、なら助かる」

立て札の説明に、ほっと安堵《あんど》のため息をつく耕助。

しょぼいスキルとはいえ、今の耕助にとっては生命線だ。

何らかの理由でそれがなくなってしまうと、冗談抜きで詰む。

〔・報酬とか救済措置とかで渡したものは
・能力でも物品でも取り上げたりはしないので安心して。
・で、これはさすがにアドバイスしないと分からないと思うから
・今日やるべきことを言う〕
「助かる。当座の達成すべき目標は飯の安定調達と屋根と壁のある建物の建築、それから服だってのは分かってるんだけど、そこに至るまでに何をどうすればいいのかが手探りすぎてなあ……」

〔・ん。
・どっちにしても、調達できる資源も足りてないから
・耕助の努力だけでどうにかするとなると何年かかるか分からない〕
「だよなあ……」

〔・なので、今日は昨日最後に桶《おけ》作ったことでアンロックされた
・『伝言板』を作るべし〕
「伝言板？　なんでまた？」

〔・作れば分かる。
・何でも教えるのは、面白くない〕
「分かった。材料は……、結構いるな。場合によっちゃあ、途中で斧《おの》かハンマーを作らなきゃ、かもなあ」
〔・だと思う〕
「とはいえ、伝言板ってことは黒板とかホワイトボードみたいなのなんだよな？」
〔・ん〕
「木材はともかく、なんで石を使うんだ？」
〔・強引にレシピ化してるから
・そこは気にしたら負け〕
「ああ、なるほど。まあそうか」

〔・そもそも、それ言い出したら
・現状、石が絡んでるレシピ全般
・意味不明なことになってる〕
「だよなあ……」

立て札の指摘に、おっしゃるとおりでという感じでうなずく耕助。

そもそもクラフト台の時点で、材料になった木材と石だけでは作れるはずがないものである。

立て札の言うとおり、そこは気にしたら負けだろう。

「しかし、この量はつらいな」

〔・なんで？〕
「昨日、近場の木と石はおおよそ採り尽くしてるから、次からは遠くに行かないとだめなんだよな……」
〔・ああ、運搬〕
「そういうこと」
〔・そんな耕助に朗報。
・軽く周囲を確認するべし〕
「えっ？」

立て札に言われ、軽く周囲を見渡してみる耕助。

そこには、昨日伐《き》り倒したはずの木や、刈り尽くしたはずの雑草が元通りに生えていた。

「ど、どういうことだ？」

〔・マップ移動や宿泊でリソースが復活するのは
・ネトゲやサンドボックス系ではお約束〕
「いくらゲーム的な仕様だっつっても、さすがに早すぎないか!?　昨日、伐採途中で放置した木の傷は消えてなかったよな!?」

〔・実のところ、資源まわりのこの仕様は
・こちら側の事情が絡んでる。
・別に救済措置とかそういうのじゃないから
・存分に恩恵を受けるといい〕

「今日のところは恩恵だけど、これ将来的にいろいろ祟《たた》りそうだな……」
〔・そういうのは、その時考える〕
「だな。とりあえず、材料集めてくる」
〔・いってら〕
見送りの文字を浮かべながら、支柱部分を左右にしならせ、まるで手でも振っているような動きを見せる立て札。
今は深く考えても仕方がないと、道具を手に取って素材集めに出かける耕助。
こうして、無人島生活二日目は、割と穏やかにスタートするのであった。

＊

「……さすがに疲れた……」
〔・おつ〕
午前十一時。レシピに必要な材料を集め終えた耕助は、クラフト台の前でぐったりしていた。
「やっぱ運搬がネックだな……」
〔・それは見てて思う〕
「今はまだいいけど、インベントリ的な能力かアイテムがないと、そのうち一日じゃ何も進まなくなりそうだな」
〔・伐っては運びをするだけの画面をずっと見てても面白くないから

〔・一応どうにかする予定はある。
・ただし、それがいつになるかは耕助次第〕
「ああ、レシピか何かを用意はしたと」

〔・そんなところ〕

立て札の反応に、しばらくはこのままかと落胆しつつ覚悟を決める耕助。

そう簡単に楽をさせるつもりはないと何度も言っている以上、そんなすぐにインベントリが実装されることはないのだろう。

そもそもの話、現状でも斧やハンマーを数回雑に叩《たた》きつけるだけで伐採や砕石ができている時点で、本来のそれらの作業に比べれば十分に楽になっている。

見える範囲にある素材で間に合ううちは、それこそ生存にかかわる要素以外のテコ入れはないと考えるべきだ。

「じゃあ、伝言板を作るか」

〔・ん〕

いろいろ思うところはあるが、伝言板を作らなければ先に進まない。

それだけは確かなので、せっせと伝言板を作る。

例によって例のごとく、板や柱を作るような分かりやすい作業の合間に、石をこね回して薄く延ばすといった、何のためにやるかは分かるが、どうしてそれができるのか意味不明な作業が挟まる。

それらに突っ込みを一切入れず、黙々と作業を続けること十分少々。

ついに、伝言板が完成する。

「……できたな」

〔・ん、おつ。
・じゃあ、とりあえずどこでもいいから立てて〕
「おう」

立て札に促され、なんとなく立て札の隣に伝言板を配置する耕助。

伝言板はよく会議室などに置かれている、いわゆる二カ月分のカレンダーが書かれているサイズの黒板という見た目と大きさであった。

なお、背景は黒だが、書かれている文字や絵はは何気にフルカラーである。

伝言板を立てると同時に、大量のメッセージが自動で書き込まれていく。

どんな内容が書き込まれているかというと……、

・十八時にハチ公前で　まっちー
・お前が好きだ！　お前が欲しい！
・私たち、結婚しました
・チチキトク　スグカエレ
・求：先○者　出：ゲッ○ー炉
・娘の遊びに付き合ってくださって、ありがとうございます。度が過ぎるようならきっちり叱《しか》りますので、遠慮なくお申し付けください
・XYZ

などなど、雑多な内容で統一感はまったくない。

「……で、これが何なんだ？」

〔・ちょっと待って。
・今アップデート中〕
「お、おう」

〔・ん、おk。
・たぶん、クエストが表示されてるはず〕
「……ああ、クエストボードってやつか」

〔・ん。
・ただ、見てのとおり
・それ以外のメッセージもたくさん〕
「……だなあ。これ、誰が書いてるんだ？」

〔・ボクの知り合いとか関係者。
・何気に母にも見つかってる……〕
「娘の遊びに付き合って〜ってやつか？　というか……親がいたのか……」
〔・ボクを何だと？〕
「いや、見た目立て札だし、神とかその手の存在って突然発生したりするのかと思って……」
〔・ないとは言わない。

・けど、ボクはちゃんと両親から生まれてる。
・そもそもこの立て札は、急ごしらえの端末〕
「そ、そうか。てか、考えてみれば、日本神話の神々って、普通に子供産んでたな。妊娠出産の方法が、全部人間と同じかは分からない感じだったけど」

〔・ん、そういうこと。
・ちなみに、ボクは両親が人間ベースだから
・普通に人間と同じように生まれてる。
・ただし、妊娠期間とかが人間と同じかは知らない〕
「なるほど」

妙な誤解をしていそうな耕助に対し、一応そんな風に釘《くぎ》をさす立て札。

とはいえ、耕助からすれば立て札の主がそもそも人型をしているかどうかすら分からないので、人間と同じようにと言われてもピンとこない。

性別についても、母親（？）からのメッセージに娘とあるものの、一人称がボクだったり男の裸に反応が薄かったりでいまいち女性である確信は持てていない。

一応ないとは思っているが、立て札的な外見の何かが折り重なって子づくりをしている可能性も、現段階では否定できない。

〔・なんか不穏当なこと考えてる気配。
・でも、突っ込むと藪蛇《やぶへび》になりそうだから置いておく。
・とりあえず、伝言板の各種メニューをチェック〕

「俺の考えてることを読んだりはしないのか？」

〔・してもいいけど、面倒くさい。
・それに、基本的にこういうのは
・分からないほうが面白い〕
「そういうもんか？」

〔・そういうもの。
・話を戻す。
・さっさと、伝言板のメニューをチェックする〕
「ほいほい」

立て札にせかされ、伝言板をじっくり観察する耕助。

よく見ると、右下の隅っこのほうに、メニューボタンのようなものが描かれている。

「これを触れば、切り替わるのか？」

〔・ん。タッチパネル形式〕

「そんなハイテク仕様でいいのか？」

〔・全部立て札方式は、お互いに不便〕

「いや、立て札なのに文字が変わったり動けたりするし、あんたのほうがよっぽどハイテク謎仕様だけどな」

率直な感想を述べながら、四つあるボタンを左上から順番に押していく耕助。

周りが線で囲われている左上のボタンは、押しても変化がなかったので恐らく伝言メッセージを見るためのボタンなのだろう。

そう考えて右上のボタンを押すと、左上のボタンを囲った線が消えて右上のボタンが線で囲われ、伝言板に書かれている内容が一瞬で変わる。

「今日の課題と今週の課題？」

〔・ん。要はデイリーとウィークリー。
・クエストというよりミッションって感じだから
・次からはそう呼ぶ。
・マンスリーミッションは、まだ解放されてない。
・ウィークリーミッションを一個クリアで解放〕
「ガチャに続いて、さらにソシャゲじみてきたなあ……」

〔・何かの報酬って形にしないと、バランスが取れない。
・与えるだけだと、人間は腐っていく一方。
・それに、こんな何もない無人島で
・ボクからのお恵みだけで生きていくとか
・ものすごく退屈じゃない？〕
「……かもなあ……」

言われて、ものすごく納得してしまう耕助。

立て札に衣食住すべてを十全に用意されてしまうと、耕助のやることがまったくなくなってしまう。

そうなると、立て札以外に話し相手もいないので、間違いなく病む自信がある。
「今日の課題は……、『なんでもいいから材料を十回集めろ』か。伝言板を作る前のはカウントされてないんだな」
〔・残念ながら〕
「まあ、どうせ今日この後も素材は取りに行くんだから、十回ぐらいあっという間だろ」
〔・たぶん〕
「で、報酬が食品もしくは飲料か。何がもらえるんだ？」
〔・昨日のガチャの下位互換。
・具体的には、一番いいものでも一日分までになった。
・たとえば昨日出た完全栄養食（ブロックタイプ）だと
・最大で一箱までになる。
・当然のごとく、ポテチ一袋っていう項目も残ってる〕
「……デイリーミッションだし、そんなもんか」

正直しょぼいと思いつつも、デイリーミッションの報酬だからということで納得はする耕助。

そもそも、課題の内容が特別に意識しなくてもクリアできるものなのだから、報酬がしょぼいのも当然だろう。

「これ、毎日同じ内容なのか？」

〔・ミッション内容と報酬のカテゴリーは、毎回ランダムで変わる〕

「そうか。で……ウィークリーが道具を十回更新と。それぐらい使うな」

〔・少なくとも、石の道具の時点でそれぐらいは余裕〕
「そもそも、更新ってのが単に道具作るだけでいいんだったら、それこそやろうと思えば今日中に終わるしなあ」
〔・ウィークリーミッションって、割とそんな感じ。
・更新した日に終わらないのって
・ログイン日数とか一日の挑戦回数が決まってるコンテンツのクリア回数ぐらい〕
「だな」

そう言いつつ、なんとなく左下のボタンを押す耕助。

次は、長期目標と書かれたページであった。

「なになに？　生活を安定させよう？」

〔・ん。当面の生活環境を整えるための長期ミッション〕

「……なるほど。ここにある細かいミッションをクリアしていけば、畑や家ができると」

〔・そう。
・とはいえ、あくまでも最終的には、の話。
・まずはそこに書いてあるとおり
・畑と雨宿りできるレベルの東屋《あずまや》を作るところから〕
「ああ、なんとなく意図が分かった。畑はともかくまともな家なんていきなり作れないから、まずは屋根のある建物からってことだな」

〔・そういうこと。順次進めていくことで

［・ほかにも無人島開拓に必要なスキルとか資材が手に入る］

「となると、今日のところはデイリーとの兼ね合いで木材を集めろってのをある程度進めて、そのあと地面を耕そうってやつだな」

［・ん。妥当なところだと思う］

内容を確認して予定を立てたところで、最後のボタンを押してみる。

なお、長期目標のミッション報酬は、木材集めが木工スキルと追加の木材、地面を耕すが農業スキルと種がいくつかである。

最後はお知らせと書かれたページだった。

「お知らせか。要は、アップデートとかメンテナンスの通知だな」

［・ん。それ以外にもイベントとかもここで告知。
・イベントミッションは、デイリーとかのページで告知する予定］
「つうことは、今日の課題のページは、期限が切られてるミッションを通知するページになるわけか」

［・ん、そうなる］

お知らせのページにある、『伝言板が設置され、以下の機能が解放されました』という文章と解放された内容を眺めながら、そんな風に自身の理解が間違っていないか確認する耕助。

耕助の確認に、それで間違っていないと肯定する立て札。

「そうなってくると、最初の伝言板のページが意味不明だな」

［・あれはシンプルに

・生配信とかに視聴者がコメント飛ばすページ。
・もしかしたら、いずれスパチャとか干し芋リストとか
・そういうシステムも解放されるかもしれない〕
「どういうことだ？　あんた以外にも見てるのか？」

〔・余計な仕事押しつけてきたくせに監査とかうるさいから
・開き直って生配信的な扱いで公開してる。
・なので、生配信でよくある機能もいずれつけたいとは思ってる〕
「いずれつけたいってことは、確約はないんだな」

〔・さすがにそのあたりになると
・ボクの独断では追加できない。
・何せ、よその神とかが絡んでくる〕
「なるほどなあ」

立て札の説明を聞いて、神々の世界も大変なんだなあと他人事《ひとごと》のように思う耕助。

一応見世物にされている当事者ではあるのだが、こちらから干渉できることでもなく、またそのあたりの実務は立て札が勝手にやることなので、耕助の立場としては完全に他人事である。

武士の情け一枚でずっと過ごしてきた影響に加え、見られている実感が全くないことから、いろいろと感覚がマヒしているようだ。

「じゃあ、まあ、木を伐ってくるか」

〔・いってら〕

「また運搬に時間と体力持ってかれるんだな……」

そうぼやきながら、斧を手に取る耕助。

なお、昨日最初に作った斧はすでに壊れているので、この斧は予備のやつである。

「そういや、斧ももう一本か二本作っとかないと、やばいな」

〔・それラストだっけ？〕

「だな。となると、結構遠出が必要か……」

運搬のことを考えて、うんざりした表情を浮かべる耕助。

一日で復活するとはいえ、現時点で見えている範囲の半分以上の木材は伐り終わっている。

斧を作り直すことを考えると、遠出が必要となる。

「まあ、ぼやいてもしょうがない。がんばってくるか」

〔・がんばれ〜〕

立て札に送り出され、テンション低く木を伐りに行く耕助。

最終的にかなり遠くに見えていた森まで遠征することになり、しかもそこで斧が壊れて心が折れる耕助であった。

＊

「ただいま……」

〔・おか〜〕

「遠いわ……」
〔・結局どこまで行った？〕
「あの遠くにうっすら見えてる森」
〔・うわあ……。
・本気でおつ〕
かなり遠くから木材を引きずってきた耕助に、心の底からねぎらいの言葉をかける立て札。

とはいえ、この状況を改善するための仕込みがすでに終わってしまっているので、現時点では直接何かする予定はない。

〔・デイリーは終わってる。
・完了報告で食べ物をもらうといい〕
「了解」

立て札に勧められ、伝言板の前に立つ耕助。

「今日の課題完了」

耕助の宣言を受け、伝言板からゲーミングな感じで輝く光の玉が飛び出してくる。

光が徐々に収まっていき、中から出てきたのは……

「ポテチの小袋かよ……」

〔・フラグ立てすぎたかも。
・ごめん〕
「いや、謝られても……。というか、結果に干渉できないんだろ？」

〔・ん、無理。
・やろうとすると本業に障害が出るぐらい消耗する〕
「だったら、俺の運が悪すぎるだけか……」

報酬はちょくちょくネタにしていたポテチだった。

あまりの運の悪さにがっくりきながら、どんなフレーバーかと確認すると、

「鮒《ふな》ずし味ってなんだよ、鮒ずし味って……」

〔・一時、地域限定かつ期間限定で売ってたやつ。
・まさかそんなものまで入ってるとは……〕
本当に一時期しか売っていなかった、なぜそれを選んだとあちらこちらから言われていたフレーバーであった。

「……これ、美味《うま》いのか？」

〔・食べたことないから分からない〕

「そうか……」

そう言いながら、覚悟を決めてチャレンジすることにする耕助。

袋を開けた瞬間、ものすごい勢いで漂ってくる鮒ずしの強烈な匂い。

正直、耕助の苦手なタイプのものである。

この時点でいやな予感しかしないが、無駄にできる食べ物などない。

いったん袋を足元に置き、ちょっと離れて深呼吸して気合いを入れ、袋を回収して思い切って口にする。

「……うん、まずくはない、まずくは」
〔・そうなの？〕
「ただまあ、俺の苦手な味ではある」
〔・うわあ……〕
「ビールがあれば、もうちょい食える気はする」
〔・お酒は自力で入手して。
・具体的にはガチャか自分で醸造〕
「ああ、知ってる……」

申し訳なさそうに告げる立て札に、無表情になりながらそう答える耕助。

耕助の二日目午前は、不幸全開であった。

第4話　生活環境を整えよう　その3　畑を作ろう

「……よし、口直しして切り替えていこう」

鮒《ふな》ずし味のポテチによる味覚と精神に対するダメージからどうにか立ち直り、げんなりした顔のままそう宣言する耕助《こうすけ》。

口直しだからと、昼食はチョコレート味の完全栄養食バーを食べることにする。

「……濃いけど無難な味がほっとするわ……」
〔・そこまで……〕
「酒のつまみなら普通にあり、って味だったんだけどなあ……」
〔・お酒のおつまみって
・割と普通に美味《おい》しいものが多かった気がするけど？〕
「美味《うま》いまずいっていうより、極端に癖が強いって感じだな。珍味とか言われる類《たぐい》のものには、よくある話だ」
〔・そうなの？〕
「ああ。そういうのは食ったことないのか？」
〔・ん。食べたことあるのは、普通におかずにもなる類だけ。
・そもそも、お酒は特殊なものしか飲んだことない。
・神としては未成年もいいところだから
・神力のもとになるお酒以外は飲ませてもらえない〕
「へえ、そうなのか」

〔・ん。
・別に飲んでどうなるってこともないけど
・我が家の特殊ルール〕
「ほほう？」

立て札が口にした家庭事情に、思いっきり好奇心を刺激されて食いつく耕助。

どうも、立て札の食生活は、思っているより日本にいたころの耕助に近いようだ。
〔・耕助は、そういうおつまみよく食べてたの？〕
「よく、ではないな。先代の社長が飲みに連れていってくれたときに、お通しとかで食べることがあった程度。嫌いではなかったけど、わざわざ自腹で食おうとは思わなかったな」
〔・そっか〕
「今にして思えば、あの時にもっと社長に甘えとけばよかった」
〔・そういう方面で図々《ずうずう》しいことをするには
・耕助は肝が小さすぎる〕
「まあ、そうだけどさ」

立て札に聞かれ、正直な気持ちを口にする耕助。

そもそも、そんなに酒を飲むほうでもなかったこともあり、酒のつまみにしかならないような珍味は興味の及ぶ範囲外だったのだ。

「そういや、そっちの普段の食事ってどんな感じなんだ？」

〔・質的なものを横に置けば
・耕助が日本で食べてたものと
・メニュー的には大差ない〕
「そうなのか？」

〔・ん。
・まあ、そもそもの話

・別に飲まず食わずでも特に影響はないから
・一部のものを除いて、食事は単なる娯楽でしかない〕
「そういうところは、超越的存在っぽいんだな」

〔・逆に言うと
・案外ボクたちと人間って変わらない部分が多い〕
「神ってのはもっとかけ離れてるもんだと思ったんだが、そうでもないのか？」

〔・人間に近い姿の神だと
・生き物に対する見方とか時間感覚以外のメンタル面は大差ない〕
耕助の疑問に、そんな答えを返す立て札。

特に多神教の場合に顕著だが、何気にどこの神話でも、神様の基本的なメンタリティややっていることは人間とあまり変わらなかったりする。

もっとも、大差ないメンタリティでうっかりみたいな形で大災害を起こしたり、生き物に大きな被害をだしてテヘペロで済ませたりするのも、神々というものではあるが。

〔・一応だけど、もう一度宣言。
・耕助のことを飽きたからって理由で放り出したりはしないけど
・度を越した侮辱や暴言をぶつけられてまで面倒を見る理由もない。
・根本的な話、この無人島の管理自体、本来はボクの管轄じゃない。
・変な事故でボクの担当する世界と変な形で融合したから、仕方なく管理してる。
・そもそも耕助は、ボクにはまったく関係ない事故でここに来てる。

・だから、実際のところ、面倒を見る義理も義務も責任もない。
・なので、あまり萎縮《いしゅく》する必要はないにせよ
・ネタで済まない範囲の発言はしないように注意すること。
・神様って基本的に鷹揚《おうよう》だけど
・割と迂闊《うかつ》に機嫌損ねて見捨てたり祟《たた》ったりする」
「分かってるよ」

「・理解してるとは思うけど、念のため。
・こうやって明文化しておくと
・言った言わないだの察しろだののトラブルはつぶせる」
「そっか。ってことは、時々ネタにしてる、異世界転移もしくは異世界転生で俺TUEEE的なのは……」

「・基本は暇を持て余した神々の遊び。
・そもそも、別に神様がミスって一個人を殺したところで
・やっちゃった、で終わるのが普通。
・言い方が悪いけど、人間が車を運転してて虫とかカエルとか轢《ひ》いても
・運転手はその命に責任をとらないのと同じ」
「やっぱ、そういう感じか」

「・ん。時々、死なせちゃいけないタイミングで
・死なせちゃいけない個体を死なせてしまうこともあるけど

・その事例はどっちかっていうと

・死なせた個体じゃなくて残った世界のフォローに必死になる案件〕

「死なせちゃいけないってことは、死ぬと世界全体にとって放置できない不都合がでちゃうってわけか」

〔・ん、そういうこと。

・だから、一部例外はあれど、お詫《わ》び転生って

・その神の趣味みたいなもの。

・たまに、ミスの帳尻合わせで神様転生的なことをやる神もいるけど

・大抵は何の帳尻も合ってない〕

「辛辣《しんらつ》だな……」

〔・そもそも、一個人の人生を補填《ほてん》して

・なんの帳尻が合うのかっていう話。

・それで帳尻が合うシステムって

・どこにどんなバグが潜んでるか分からなくて怖《こわ》い〕

「そうかもしれないけど、いろんなところを敵に回しそうな主張だぞ、それ」

〔・覚悟の上〕

「あと、こういうこと言うと見捨てられそうだけど、正直な感想言っていいか？」

〔・ん。正直に気を悪くするかもと言った耕助に免じて

・今回は相当な暴言でも許す〕

「じゃあ、お言葉に甘えて。なんつうか、ここまでの言い分が、正論なんだけど邪神とかが言いそうなことだな、って……」

〔・今の好感度や親密度だと本来はアウトだけど
・思ってすぐに言わずに許可をとったからセーフ〕
「やっぱ、邪神ってワードはアウトか？」

〔・まだアウト。
・さっきも言ったように、そこまで親密になったつもりはない。
・デブとかハゲとか面と向かって言い合えるぐらいの仲でないと
・普通に破綻《はたん》する単語〕
「まあ、お前は邪悪だって言ってるんだから、普通に考えて侮辱以外の何物でもないわな……」

〔・ん。ボク自身が善良だとは言えない。
・でも、邪神と言われるほど邪悪なことはしてない〕
立て札の主張に、まあそうだなと納得するしかない耕助。

立て札がやっていることは言ってしまえば、難破船から漂着した生存者の面倒を見る代わりに働かせているのと変わらない。

その方向性が極端に体を張る系のバラエティ番組方面に偏っているだけで、仕事だと考えれば納得できなくもない。

生産性や得手不得手の問題で仕事内容を変えてもらうよう交渉するならともかく、働かされること自体や妥当な範囲の待遇に文句を言えば、着の身着のままで追い出されても何一つおかしくない。

もっとも、ここであっさり納得してしまう耕助だから、社畜としてこき使われてしまったのだが。

〔・ただまあ
・創造神とか最上位の神自体は関与してないけど
・その部下がやらかしたのを隠蔽《いんぺい》したり
・後始末的なことでお詫び転生やそれに類することを
・勝手にやってるケースは見ないでもない。
・ちなみに、大部分はどっかで破綻してるけど
・大体の場合、やった当事者たちはそのころにはやったことを忘れてる〕

「聞きたくない事実だな、それ……」

〔・比較的しっかりした理由だと
・輪廻転生《りんねてんせい》のシステムを改修したとかのケースで
・うまく機能しているか確認のために
・不遇な人生を歩んでたり
・誰かがやらかして人生がおかしくなったりした人を
・テストケースとして異世界転生とか逆行転生とかさせて見守ることはある〕

「やっぱ、そういうシステムも改修とかあるんだ」

〔・それはそう。
・どんなものでも、使っていけばどこかに不具合が出てくる。
・特に新規に立ち上がったばかりの世界なんて

〔・不具合の塊だから
・ちょくちょく修正とか改修とかしてる〕
「世界そのもののシステムとか、あんまりコロコロ変えないでほしいところだけどなあ……」

〔・やらないと破綻するから無理〕

「だろうな」

耕助の苦情を、ばっさり切り捨てる立て札。

しなければ致命的な問題が出るから、運用中のシステムを稼働させながら修正や改修をしているのだ。

〔・ほかの例外的な事情としては
・ちゃんとお詫び転生的なことをしないと
・いろんな世界に対して致命的なウィルス的存在になるパターン。
・ただし、これはめったにない〕
「あることはあるんだな」

〔・それはそう。
・まあ、その手の話は横に置いとく。
・ぶっちゃけ、耕助には関係ない〕
「まあ、そうだな」

〔・昼からは東屋《あずまや》づくりだけど
・建てる場所は気をつける〕

「というと?」

〔・さすがに簡単に移設とかできないから

・この場所で大丈夫なのかはちゃんと考えないとだめ〕

「そりゃそうなんだけど、俺は素人だからな。ここでいいかなんて、どう判断すればいいのか分からないぞ?」

〔・ん。まあ、東屋に関しては

・単なる休憩所でしかないから

・そこまで深く考えなくてもいい。

・ただ、このあとやる本命のちゃんとした家は

・立地を考えないと後で不便な目に遭う〕

「……だろうとは思うけど、そもそも島だってこと以外、何も分からないからなあ。家を建てるタイミングになったら、一度外周だけでも回ってみないとだめだよなあ……」

〔・ん。でもまあ

・その時になったら伝言板がクエを出す。

・今は今後の畑仕事や採取作業を考えて

・どこに東屋があるとありがたいかを考える〕

「なるほど。アドバイス助かる」

〔・あと、東屋づくりのクエで指定されてる材料は多い。

・朝ならともかく、今だと伐採しに行くのも遠い〕

「そうなんだよな……」

〘・だから、先に畑を作って鍬《くわ》を使いつぶして
・ウィークリーミッションの道具更新を先に終わらせる。
・ミッション報酬でもらえる素材もカウントされるから
・一気に楽になるはず〙
「そういう仕様か、助かる。自力で採取した回数で言われると、今日中には絶対終わらないからなあ……」

〘・ん。ただし、注意事項として
・当然のことながら、使った分は採取した数から減る。
・ご利用は、計画的に〙
「で、道具の更新って、使いつぶした数か？　それとも、単に作った数か？」

〘・今回は作った数と壊した数の合計。
・よく見ると分かるけど、すでにある程度カウントが入ってる〙
「あ、本当だ。（5／10）になってるわ」

〘・ウィークリーに限り今回はサービスで
・今日の作業分がカウントされてる。
・来週分からはこんなサービスないから、注意のこと〙
「デイリーのほうではカウントされてなかったから、ちゃんと見てなかったわ」

〘・だろうと思った〙

迂闊な耕助の反応に、あきれをにじませながらそう言う立て札。

デイリーが0からカウントだったから、ウィークリーのほうもそうだろうという先入観があるのは分かる。

が、そのあたりの確認をおろそかにしがちなのも、耕助が妙に不幸な原因なのではないかと思わずにはいられない。

〔・とりあえず、まずは指定された広さを耕す。
・話はそれから〕
「分かった」

立て札に促され、最初に支給されたボロボロの鍬を手に立ち上がる耕助。

こうして、生活環境を整えるための開拓作業が、本格的にスタートするのであった。

＊

「今後の畑の拡張性も考えると、このあたりから耕せばいいか？」

井戸の位置と海岸までの距離などを考え、とりあえずクラフト台から五メートルほど内陸側に離れた場所をスタート地点に選ぶ耕助。

今まで草を刈っていたのが、ちょうどそのあたりである。

「で、森のほうに向かって耕していけばいいな」

周囲をぐるりと見渡し、耕す方向を決める。

土地の利用効率などを考えるなら、大雑把《おおざっぱ》にでも測量してからやるべきなのだろうが、どうせ正確な測量などできるわけもないし、一番近い海岸線からして結構複雑に入り組んでいる。

さらに言えば、どうも島のゲーム的な補正もそこまでしっかりかかっているわけでもなさそうなので、そもそもまっすぐ耕すこと自体難しそうな気配がある。

恐らくあとから場所の変更なんてできはしないだろうから、今回は畑づくりの訓練と実験と割り切ることにする。

「……かった!?」

鍬を振り下ろしてすぐに、地面の硬さに思わずうめく耕助。

道具が悪いのかそれともシンプルに地面が硬いのか、一回鍬を叩《たた》き込んだぐらいでは耕せない。

「どれぐらいで1カウントになるか分かんないけど、それまでこの鍬もつのか？」

意外と一撃で持っていかれた耐久ゲージを見て、この島に来て何度目になるか分からない渋い表情を浮かべる耕助。

作り直すだけの資材は十分あるとはいえ、なかなかやばそうな状況だ。

「……まあ、いい。とにかく耕そう」

心配しても無駄だと腹をくくり、何度も鍬を振り下ろす耕助。

斧《おの》やハンマーの時と違い、今回は作り直すための資材も資材を回収しに行くための道具も十分にある。

ある程度掘り返して土が柔らかくなったところで、ぼろい鍬が砕け散る。

「……これぐらいでいけたのか？　伝言板で進捗《しんちょく》状況を見れば、畑カウントされたかどうかは分かるとして、いちいちそれで確認しなきゃならないのも面倒だよな……」

中途半端に耕され、掘り返された地面を見て、どうやって確認しようか考え込む耕助。

どうせ鍬を作らないとだめなので、ついでに伝言板を見に行くのはいい。

だが、今回はともかく、毎回それをやるのは面倒だ。

一カ所耕したら一本壊れるとかならまだしも、今までどおりなら次回以降はもう少し鍬も長持ちするだろう。

なので、簡単に確認する方法を見つけておきたい。

「……そういや、鑑定で畑の状態とか確認できないか？」

いろいろ考えているうちに、ふと耕助の頭をそんなアイデアがよぎる。

どうにも鑑定結果が微妙というか大したことが分からず、それどころかさっき生えている草を刈らずに鑑定しようとしたら〝地面〟と表示されるぐらいの頼りなさなので、こういうときの選択肢にいまいち上がりづらいスキルではある。

まあ今回の場合は、畑か地面かだけ分かれば十分なので、結果が微妙な内容でも全然問題ない。

「そうと決まれば、さっそく鑑定」

思いつきを試すために耕したところを鑑定すると、普通に〝地面〟という鑑定結果が出る。

「ということは、これぐらいだと畑とは認識されないわけだな。まあ、そもそも畑を鑑定しても、〝地面〟と出る可能性もあるが」

結果をもとに、そう分析する耕助。

鑑定の頼りなさと信用のできなさを踏まえても、おそらくまだ畑とカウントされるレベルまでは至っていないと考えてよさそうだ。

「あとは、伝言板で答え合わせだな」

ここで考察を重ねても無駄なので、鍬を作るついでに伝言板を確認しに行く。

伝言板のカウントは、予想どおり0のままだった。

「やっぱ、あの程度じゃ畑認定されないか。ぶっちゃけ、スコップで浅く掘り返したのと大差ないからなあ……」

そうぼやきつつ、鍬を作り直す耕助。

畑の土というのはどれぐらい深くまで耕さねばならないのか、まったく知識はない。

なので、先ほど耕した地面が畑認定されないのはなんとなく予想がついてはいたが、ではどれぐらいの深さと広さなら畑認定されるのかというとまったく分からない。

恐らくこの程度の作業で農業とかその手のスキルが生えてくることはないだろうから、しばらくは手探りでやるしかない。

そもそも、今やっているミッションの報酬が種と農業スキルなので、作業によって習得するより先にミッション報酬で習得するだろう。

「手探りでやるしかないのはいいとして、鑑定で地面と畑の区別がつくかどうかがはっきりしないのが厄介だな……」

作り直した鍬を手に、先ほど少しだけ耕した場所に戻りながらぼやく耕助。

最終的にスキルが生えてなんとなく分かるようになるのだろうが、それまでの間の確認手段として何か欲しいところである。

「ちょくちょく鑑定しながらやってみるか。……というか、鑑定しながら作業できないか？」

ふと思いついたので、鑑定を意識しながら先ほどの続きを開始する耕助。

やってみた結果、鑑定そのものを継続的に発動しながらほかの作業をすること自体は問題なくできた。

ただし、同時に二つのことを考えることになるためとてつもなく疲れるという欠点と、鍬が視界の中心に入るたびに〝石の鍬：ものすごく雑な作りの石の鍬。以下略〟という鑑定結果がちらつくという問題が発覚したのだが。

「……これ、ものすごくきついな……」

肉体的にではなく集中力の面で非常に疲れることを思い知らされながらも、きついのは今だけだと念じながらひたすら地面を耕す耕助。

おかげで、鍬を振るたびに揺れる股間の逸物《いちもつ》は、早々に気にならなくなっている。

大体耕助の肩幅ぐらいの幅とくるぶしぐらいまでの深さを一メートルほど耕したところで、鑑定結果が〝地面〟から〝何も植えていない畑〟に変わる。

「……一応、ちゃんと畑は畑と鑑定できるのか」

気になっていた問題の答えも出たため、ほっとする耕助。

使っている石の鍬がそろそろ壊れそうなので、もう少し耕して使いつぶすことにする。

「……よし、ミッションは達成になってるな」

［・おつ］

石の鍬を粉砕し、伝言板を確認した耕助は、ちゃんと予想どおりの結果になっていたことに思わ

ずガッツポーズをとる。

「これで、いちいち鑑定しながらやらなくても、畑が分かるようになったわけか」

〔・ん、そうなる。
・ただし、この島のゲーム的システムの影響で
・収穫したら直後に耕す前の地面に戻る。
・逆に、耕したまま放置しておいた場合
・三日ぐらいでランダムに何か生えるか地面に戻る〕
「猶予は三日か。種の準備とかちゃんと考えてやらにゃだめってことだな」

〔・ん。
・ただし、ランダムで生えるのは
・ある種の救済措置という面もある〕
「……ああ。栽培をミスって種がなくなった場合とか、そうやって回収するわけか」

〔・そういうこと。
・ランダムではあるけど、耕助の農業スキルが高くなれば
・作物が生える確率は上がる。
・今だと大体25パーセントぐらい〕
「意外と高いな」

〔・救済措置だからというのもあるけど
・耕されてる時点で草が生えやすい土壌になってるというのもある。

・ちなみに、地面に戻る確率が25パーセント、雑草が生える確率が50パーセント。
・あと、現状で確実な入手方法がない作物が生えることも〕
「こんなところにもガチャ要素か……」

〔・ほかのガチャに比べると、内容的にはかなりおいしい。
・耕助のスキルが育てばいいものが生える可能性が上がるし
・そもそも、外れでも作業が無に帰るだけ。
・ゴミとしか言えないものは出てこない〕
「それもそうだな。作業が無に帰るのは虚無感が半端なさそうだが、それでも農業の熟練度アップにはなるだろうし」

〔・もちろん、熟練度は入る。
・耕す作業一回ごとに、微々たるものだけど熟練度加算。
・その後どうなろうと、加算された熟練度はなくならない〕
「でなきゃ、さすがにやってられないな……」

〔・熟練度の伸びは渋いけど
・そういう種類の不公平はないから安心する。
・やったらやっただけ、ちゃんと自分に返ってくる〕
立て札の説明に、無駄にならないなら助かると一瞬ほっとしかける耕助。

だが、これまでの経緯や先ほどの雑談の時の立て札の言葉から、今の表現の裏を察してしまう。

「やったらやっただけ返ってくるってことは、さぼれば当然のごとく自分の首絞めるし、悪いことすれば悪い結果が返ってくるってことだよな……」

〔・ん、当然〕

耕助が思い至った事実に、よくできましたとばかりにそう告げる立て札。

そもそも現状でできる悪いことなどせいぜい立て札を蹴飛ばすぐらいだが、それでもダメなことはダメだと認識しておかないとひどい目に遭いそうだ。

何しろ、立て札の言葉ではないが、神は簡単かつ迂闊に見限ったり祟ったりする。

「……まあ、世間一般で悪いとされてることに手を出さなきゃいいだけだろうから、そこは気をつけるとして、だ。とっとと完了操作して報酬もらわないとな」

〔・ん。
・今回渡す種はラディッシュ。
・これは意地悪でもなんでもなくて
・耕助に一通り農作業の流れを身につけさせるためのもの。
・次のステップでもらえる無人島ジャガイモは収穫に三日かかるし
・麦とか米とかはもっと習熟してからでないと無理〕
「ちょっと待て、いくらゲーム的な物理法則というか自然法則が支配してるからって、さすがにジャガイモ三日はないだろう?」

〔・あくまでも無人島ジャガイモだから。
・ちなみに、ラディッシュは今日植えれば明日収穫できるけど
・これも無人島仕様のラディッシュだから〕

「そういうことか……。まあ、無人島仕様だろうが何だろうが、そのくらいの間隔で収穫できなきゃ飢え死にするから、ありがたいと思うしかないな」

〔・ん。
・ちなみに、普通のジャガイモもちょっと成長が早くて
・栽培から収穫まで大体二カ月〕
「それが早いのかどうか、よく分からないんだが……」
〔・大体三カ月半～四カ月半かかると思って〕
「なるほど、三割強から半分ぐらい短いわけか」
〔・ん。あと、この島だと
・イモ類は通年で栽培できる〕
「イモを作り続けている限りは、カロリー的には飢え死にしないってことか」

〔・そうなる。
・各種ビタミンは、ニンジンとか大根とかで
・うまく摂取して〕
「了解。じゃあ、次やってくるわ。この種を植えて、水をやればいいんだな？」

〔・ん。
・じょうろだけは一回の水やりで壊れる程度の耐久値しかないから
・水やりが終わったら作るのを忘れないように〕
「分かってるって」

立て札の指摘に真面目な顔でうなずくと、完了操作を済ませて種を受け取る耕助。

これで、農作業についてずぶの素人よりはマシ程度にはなったはずである。

「さて、次の作業だな。つっても、この種を畑に埋めて水をやるだけなんだけど」

〔・ありとあらゆる作物の植え付けは
・究極的には畑耕して種もしくは苗を埋めるだけ〕
「いやまあ、そうなんだが」

〔・むしろ、そういうシンプルな作業のほうが
・技量とかノウハウを要求される〕
「それがこの島の仕様か？」

〔・ここに限らず、生産活動全般の本質。
・ちょっとした違いで、びっくりするほど差が出る。
・そこを適切にできるかどうかが技量でありノウハウ〕
「……いきなり難しく感じてきたぞ」

〔・だから、島ラディッシュ。
・それはおおよそ失敗しないほど簡単な作物。
・島でしか育たない代わりに
・素人が雑に植えて適当に水をやっても
・次の日には最低一つは収穫できる〕
「……それはそれで、経験とかにはならないんじゃないか？」

〔・やり方によって、当然違いは出る。
・主に収穫量と味。
・大きさとかにも影響は出る。
・毎日採れるから、しばらくは試行錯誤すべし〕
「分かった。がんばってみるわ」

〔・がんばれ～〕

立て札に雑に応援されながら、大事に種を持って畑へ向かう耕助。

「この広さだと、種はこれぐらいの量で間隔もこんなもんだとして……」

畑と呼ぶのもおこがましい小ささの耕された土地に、慎重な手つきで畝《うね》を作って種を落としていく耕助。

その後、ぼろいスコップで土をかぶせ、汲《く》んでおいた水をかける。

畑全体が十分水を吸って湿ったところで、手元のじょうろがぼふんという音を立てて消滅する。

「……まだ種はあるから、もうちょい畑広げてまいとくか。まだウィークリーも終わってないし、さすがに畑がこれだけしかないのはさみしすぎる」

種をまき終えて畑を眺め、残り時間の使い道を決める耕助。

じょうろを作るついでに、ミッションを完了して報酬を受け取ることも忘れない。

「……ジャガイモは、種からじゃなくて種イモからなんだな」

ミッション報酬でもらった種イモを見て、そんな感想をつぶやく耕助。

とはいえ、もらった以上植えないという選択肢はない。

「今日は最低でも、この種イモ全部植えて水やりを終わらせるところまでやらないとな。ただ、この種イモ、切らずに丸ごとで渡されてるから、どれぐらいのサイズに切るかが問題だな……」

もらった種イモを手に、畑の段取りについて考え込む耕助。

種イモを植えることで畑のミッションが進むので、植えないという選択肢はない。

「……そうだな。どうせ植えるものがなくても、75パーセントの確率で雑草か作物が自然に生えるんだから、ウィークリーをこなせるまで耕せばいいか」

悩んだところで作業は進まないので、畑関係のミッションとウィークリーミッションの同時攻略を目指すことにする耕助。

社畜根性が染みついていることもあり、こういう作業はやっているうちに没頭してしまうもので……。

「げっ、もう日が落ちるぞ……」

結局この日は、畑関係のミッションをこなしているうちに日が落ちてしまうのであった。

第5話 生活環境を整えよう その4 食料を確保しよう

「・耕助《こうすけ》ちゃん、起きて」

「……こいつ、頭の中に直接文章を……！」

〔・こうしないと、耕助の意識がこっちに向いてないときに
・必要な連絡とかできない。
・あと、ファ○チキください〕
「……なんでファ○チキ？」

〔・お約束ネタの一つ。
・分からないなら、そういうものだと思って
・（・∀・）〕
「……分からんけど、そういうもんだと思っておく。にしても、今日はまた、文章的にはえらく普通の起こし方なんだな。まあ、立て札が人間を起こそうとするのが普通かどうかは置いとくけど」

〔・古《いにしえ》のノベルタイプのギャルゲーの元祖の真似。
・メイドロボという概念をこの世に送り出した神作。
・ドジっ子メイドロボとか、属性過多にもほどが。
・ちなみに、パッケージヒロインの幼馴染《おさななじみ》の起こし方。
・特徴がなさすぎて
・これだけだと何のネタか分からないのが難点〕
「いや、それを俺に言われても……」

無人島生活三日目の朝は、昨日と同じく妙な方向に全開の立て札に起こされて始まった。

「というか、昨日も思ったけど、朝早いんだな」

〔・そもそも、寝てない。

〔・時間の概念そのものが違うから
・耕助の三日はボクの一秒とほぼ同じ感覚〕
「それって、ちょっと目を離した隙《すき》に何万年も経《た》ってるとかならないか？」

〔・（、・ω・゛）
・それは大丈夫。
・あくまでも感じ方だけで
・同じように時間が流れてるわけでもない〕
「……なんつうか、ちょっと何言ってんのか分からない」

〔・人間が理解しようとするのはやめたほうがいい。
・下手に理解したら、ＳＡＮ値にダメージが〕
「……物騒だな、また」

〔・いくら精神性とかが似たようなものでも
・本質的には隔絶した存在。
・ガガンボとガガンボモドキが見た目そっくりでも
・種としてはものすごくかけ離れてるのと同じ〕
「ガガンボって、あの足が長くてデカい蚊だよな。モドキなんてのがいるんだ」

〔・ん。
・ちゃんと調べてないからどっちがどっちだったか忘れたけど
・確か片方がシリアゲムシの一種で、もう一方がハエの一種。

・実はどっちも血を吸わない。
・モドキのほうは何気に肉食
・(*^_^*)」
「なんでだよ!?」

「・自然界って、そういうもの。
・特に虫にはこういうパターン多い
・(*´∀｀*)」
立て札が披露した豆知識に対し、納得できないといった表情で突っ込みを入れる耕助。

実のところ、特に魚類や無脊椎動物にはそういうネタが枚挙にいとまがないぐらいあり、世界というものの奥深さを感じさせる。

「しかし、なんで最初から頭の中に直接文章を送る方式でやらなかったんだ？」

「・耕助のほうに、対応できるだけの余裕がなかったから。
・最初からやってたら、まずいろんな意味で壊れてた。
・今なら、この程度のことは気にしないはず」
「……まあな。それはそれとして、会話の合間に頻繁に顔文字を出すようになったのは、どういう心境の変化だ？」

「・そろそろ、もう少し感情を前面に出そうかと思った。
・会話文と顔文字は、今後頭の中にも送る」
「了解」

唐突に始まった脳内会話方式に対して、そんな話をする耕助と立て札。

なお、脳内に直接といってもあくまでも文字情報であり、声による伝達ではない。

また、今まではプギャー以外であまり顔文字を使っていなかった立て札だが、今後は使用頻度が上がり感情表現も豊かになるらしい。

〔・起きたところで今日のガチャ〕

「分かった、分かった。ガチャを回してくれ」

〔・りょ。
・演出どうする？〕
「レアリティ演出だけ残してスキップでいいんじゃね？」
〔・分かった〕
耕助の指定を受け、マシーンのレバーが回転する演出をスキップする立て札。
昨日に続き、取り出し口が激しく輝いて銀色のカプセルが出てくる。
〔・またしてもスーパーレア〕
「どうせ外れなんだろうけど、何が出たのやら」
〔・早速オープン〕
立て札の宣言と同時にカプセルが開き、耕助の足元に製造されなくなって久しいブラウン管テレビが現れる。
〔・……耕助、すごい。
・……二日連続で三種の神器なんて……〕

「ブラウン管の時点で、日本でももはや使い物にならない気がするけどな……」

そう言いながら、やたらレトロなテレビを鑑定する耕助。

鑑定結果は
〝14インチ白黒テレビ：かつて三種の神器ともてはやされたブラウン管テレビ。なお、地デジに対応する手段がないため、ものすごくがんばって改造しないと基本的に視聴不能〟

であった。

「白黒テレビかよ……」

〔・ということは、明日は冷蔵庫？〕

「どっちにしても、役には立たないなあ……」

〔・冷蔵庫なら、まだ収納として使える〕

「何を入れるのか、って話だけどな……」

いろんな意味でレアリティが高い代物を前に、がっくり肩を落とす耕助。

状況が状況だけにどうしても外れ率が高くなるとはいえ、ここまでピンポイントでいじられているとしか思えないアイテムが揃《そろ》うと、なんとなくくさくさしてくるものである。

「……で、今日は煽《あお》らないのか？」

〔・むしろ、明日への期待が高まってるから
・今日はとりあえず様子見で〕

「……いやまあ、こうなると俺も、ちょっと期待してる部分はあるけど……」

立て札の反応に対し、苦笑気味にそう告げる耕助。

実際、ある意味でここまでおいしい流れだと、今日の時点で騒ぐ気は起こらなくなる。

〔・ガチャの結果は明日への期待として
・あとはデイリーの確認と、マンスリーも出てきたはず〕
「そういや、デイリーはともかく、ウィークリーとマンスリーの報酬はどのタイミングで更新なんだ？」

〔・ウィークリーは七日ごと、マンスリーは三十日ごと。
・デイリーが更新されたタイミングで同時に更新。
・デイリーは朝四時ごろに更新。
・スタートの基準は耕助がこの島に来た日。
・だから、次のウィークリーは今日を入れて五日後〕
「そっか。伝言板設置のタイミングじゃないんだな」

〔・ん。
・というか、ソシャゲだって運営開始のタイミングと
・ウィークリーやマンスリーの基準日は違うのが普通。
・マンスリーは大体各月の一日だし
・ウィークリーは日曜か月曜。
・ウィークリーはたまに定期メンテナンスに合わせるケースもあるけど

・それも別に開始日と因果関係がないことのほうが多い〕
「そうだっけ？」

〔・わりとそう。
・なので、とっととミッションのチェックを〕
「はいよ」

立て札にせかされ、完全栄養食バーをかじりながら伝言板の前に移動する耕助。

更新されたミッションの内容は
・今日中に畑作業を十回完了せよ（0／10）：食料品もしくは調味料
・今月中に建築物を一つ完成させよ（0／1）：レシピ一種
というものであった。
〔・耕助は持ってるのか持ってないのか分からない〕
「というと？」
〔・建築物一つは、東屋《あずまや》でいける〕
「それでいいのか？」
〔・東屋だって建築物〕
「そうか」
〔・まあ、デイリーが食料品なのは当然。

・もっとも致命的に足りないのが食料〕
「だな」

〔・そういうわけだから、こちらからも緊急ミッション。
・食料の確保と製塩関係のミッションを出した。
・報酬は調理関係と製塩に使えるスキル〕
「言われるまで、塩のことまでは考えてなかったな……」

〔・ん。それはそうだと思う。
・だって、完全栄養食バーもポテチも、塩気が強い〕
「ああ……」

〔・でも、明日からはそうもいかない。
・デイリーミッションやガチャで手に入る可能性もあるけど
・さすがにそれは不安定すぎる〕
「そうなんだが、塩を作るのって、かなり大変じゃなかったか？」

〔・正攻法でやるには、今の環境だと難しい。
・いずれそっちでやることになると思うけど
・当面はゲーム的というかファンタジー的な手段で何とかする。
・具体的にはミッションを確認して〕
そう言われて、伝言板の緊急ミッションを確認すると

・食料を確保しよう（0／10）：錬金術スキル、錬金釜及び錬金釜のレシピ
・塩を確保しよう（0／1）：調理スキル、漁スキル、釣り具のレシピ及び漁の罠《わな》のレシピ

という内容が示されていた。

「なるほど。塩は錬金術で確保しろってか」

〔・ん。
・海水汲《く》んで煮詰めてだと
・下手したらそれだけで一日が終わる。
・錬金術なら、せいぜい海水を汲む時間で済む。
・いずれ錬金術だけだと生産量頭打ちになるけど
・耕助一人だけなら十分賄える〕
「ああ、助かる」

〔・努力すればやっていけるようにするのがボクの仕事。
・これは努力以前の問題だから
・このくらいの調整はする〕
「だとしても、助かったのも事実だから、素直に感謝させてくれ」
〔・ん〕
「じゃあ、まずはデイリーのクリアも兼ねて、畑作業からだな」
〔・がんばれ～〕

応援の言葉の後、笑顔（顔文字）を浮かべながら昨日と同じく手を振るような仕草をして見送る立て札。

各種ミッションのおかげでやることが決まり、今日の作業に入る耕助。

なんだかんだで三日目にもなると、それなりにスムーズに予定が決まるものである。

＊

「マジで、一日で収穫できるんだな……」

びっちりと生え、葉っぱと土の隙間から赤い実りが見えるラディッシュを見て、力なく突っ込む耕助。

場合によってはこれが生命線になる可能性もあるのでありがたいことではあるが、またしても常識がどこかに逃げていくのを感じてしまう。

「……まあいい。収穫するか」

そのあたりのことを気にしていても何も進まない。

そう割り切って、ラディッシュを収穫していく耕助。

といっても、ラディッシュの収穫自体は比較的簡単な部類で、せいぜいその姿勢によって無茶苦茶腰にくるぐらいしか問題らしい問題はない。

全部で三十個ほどなので、十分程度で作業は終わる。

ちなみに収穫したラディッシュは、持ってきた桶《おけ》の中に入れている。

「デイリーにしろ緊急ミッションにしろ、１カウントあたりに必要な数は分からないんだが、さすがにこれでまったくカウントなしってことはないだろう」

収穫を全部終え、完全に耕す前の地面に戻った畑を眺めながらそうつぶやく耕助。

「つと、一応鑑定しとかないと」

作業が一段落してしまって気が抜けた耕助が、鑑定のことをすっかり忘れていたことに気がつく。

もっとも、この場で鑑定が必要なのは収穫したラディッシュのみで、それ以外は『地面』か『成長途中のジャガイモ』という、見れば分かるものしかないのだが。

そのラディッシュの鑑定結果は、

〝島ラディッシュ：正式名称は無人島ラディッシュ。栽培してから夜を一回経過すると収穫可能になる。土と水だけで特に肥料などなくとも育つが、それだけに味はそれほど良くはない。生食可能、よく洗って土をきっちり落として食べよう〟

となっていた。

「一応、生で食べて大丈夫なんだな」

鑑定結果を見て、ちょっと助かったと思ってしまう耕助。

そもそもラディッシュの調理方法なんて知らないというのもあるが、現状食材に火を通す手段が非常に限られている。

なにしろ、かろうじてぼろいナイフが食材を切るのに使えそうな以外、初日に支給された道具の中に調理器具は一切ない。

また、現時点で調理関係のスキルがないからか、調理器具を作るためのレシピもない。

なので、火を通さなければならないと言われてしまうと、適当な木の枝に刺して焚火《たきび》でじっくりあぶるぐらいしかできないのだ。

「よくよく考えたら、今のままだとジャガイモ収穫しても、食べる手段がないんじゃないか？」

調理手段がないという事実から、ジャガイモの問題について思い至ってしまう耕助。

とろろ芋など一部例外はあれど、基本的にイモ類は火を通さないと食べられないと考えていい。

かといって、漫画で見るように焚火の中にそのまま芋を放り込んでも、外が黒焦げになるのに中まではなかなか火が通らない。

幸か不幸か、耕助は会社主催のバーベキューでそのことを嫌というほど知っているので、仮に今イモがあってもそんな真似はしないが、そのせいでこうして悩む羽目になっている。

「……まあ、どっちみち俺、料理なんて調理実習レベルでしかできないから、悩むだけ無駄ではあるが……」

そもそも調理手段以前の問題だと気がつき、そう割り切る耕助。

ブラック企業勤務の影響でバーベキューコンロを使った料理だけは上達したものの、それ以外の料理はからっきしだ。

あの手の料理は炭火を前提としているうえ、使う機材も適した構造のものが必要である。

恐らく石で作るとなるとバーベキューコンロではなくかまど（に近い何か）になるだろうが、そちらはさほど扱いが上手ではない。

また、アルミホイルなどの代用品をどうすればいいのか分からないものも多い。

それらを踏まえると、どう考えてもバーベキュー料理の腕を生かす前に、サバイバル料理で普通に食えるものを作ることができるようになるのが先だろう。

「よし。畑耕して残ってる種まいたら、ミッション達成の確認だな」

気持ちを切り替えて、昨日に続いて畑を耕し始める耕助。

一度耕した後だからか、それとも昨日半日作業して多少コツをつかんだからか、昨日よりはだいぶ早く耕し終える。

「こんなもんか。あとは昨日みたいに畝を作って……」

せっせと畝を作り、残っていた種をまいていく耕助。

なんだかんだで、収穫も含めて一時間ほどで作業が終わる。

「ただいま。昨日に比べて、だいぶ楽に耕せたけど、なんでだ？」

〔・おか〜〕

〔・昨日の丁寧な作業の影響。
・耕助のスキルが気持ち程度育ったのもあるけど
・一番は丁寧に耕して丁寧に種をまいたから
・土の状態が柔らかくなってる〕
「そこまでは元に戻らないのか」

〔・ん。
・何度も言うように、やったことはやっただけプラスになる。

・畑も、何度も耕してきっちり土を作れば
・それだけ作業も楽になるし、収穫もよくなる〕
「なるほどな。つっても、肥料とかどうすればいいのやら、って状況だけどな……」

〔・一番簡単なのは、雑草焼いて作った灰。
・ちゃんと肥料としての効果あり。
・ベタだけど、森林地帯から土を持ってくるのもあり〕
「なんか、どっちもうっすらと聞いたことがあるようなないような……」

〔・基本的なネタ。
・コンポストとか人糞《じんぷん》肥料とかは
・道具が足りないし多分管理できないから
・おいおいやっていくといい。
・そのうちスキルが育って、どうすればいいかなんとなく分かるようになる〕
「ＯＫ」

〔・そもそも、今の段階で肥料使っても
・あんまりいいことはない。
・せめて、一時間で今の倍は畑を耕せるようになるまで
・水やって放置で勝手に育つラディッシュとジャガイモで
・きっちり経験積むこと〕
「だな」

説明を終え、ドヤ顔（顔文字）の表情を浮かべている立て札。なんとなく腕組みでもしているように見えてくるから不思議である。

そんなアドバイスに対して、素直にうなずく耕助。

よく分かっていないうちにいろいろ手を広げても、ろくなことにならない。

〔・それより、ミッションが終わってる。

・報酬を受け取るべし〕

「おう。ミッション完了、っと」

立て札にせかされ、ミッション完了の操作をする耕助。

まずはデイリーミッションが終わり、耕助の手に小さな瓶が現れる。

「……塩コショウ百五十グラム……」

〔・……すごく、コメントに困る……〕

「……今から塩を作りに行くってときに、これかあ……」

〔・……昨日と違って、当たりではある。

・ただ、モチベーションにはすごいダメージ〕

「……まあ、これ一本でどうにかなる状況じゃないし、そもそも塩だけ使いたいことって結構あるだろうしな……」

〔・実際、百五十グラムって使いだすと結構量が知れてる〕

「だよな」

手に入った塩コショウについて、そんな結論になる耕助と立て札。

実際、塩は調味料としてだけでなく、殺菌や消毒、洗浄などにも使う。

さらに言うなら、今後保存食として塩漬けを作ることもあるだろうことを考えると、コショウが入っていると用途によっては不都合があるだけでなく量的にもまったく足りない。

〔・まあ、日持ちしないバターとか渡されるよりはいい〕

「言われてみれば、そういう可能性もあったか」

〔・ん。他にもいろいろ、扱いに困りそうなものは思いつく〕

「いやまあ、それはそうなんだろうけど、フラグになりそうだからこれ以上は……」

〔・ん。これぐらいにしておく〕

昨日のポテチと今朝の白黒テレビを思い出し、これ以上は余計なことを言わないようにする立て札。

洗濯機や白黒テレビは笑えるが、バターなんかだと鮒《ふな》ずし味のポテチより笑えないことになりかねない。

「で、次のミッション報酬がこの釜か」

〔・ん。使い勝手の問題で、小型のやつ。

・使い方は分かるはず〕

「錬金したい材料を入れて、魔力を込めながらかき回すんだよな」

〔・そう。魔力は使えそう？〕

「やってみないとなんとも。スキルもらった段階で、存在は分かるようになったけどな」

「・ん。そこをクリアしてれば、あとは練習あるのみ。

・ほかに魔力の使い道がない今のうちに、練習すべし。

・いずれいろんなことに使うようになる〕
「分かった」

いつものように足元に落ちた寸胴鍋《ずんどうなべ》ぐらいの大きさの釜を昨日作った作業テーブルの上に載せ、立て札相手にいろいろ確認をとる耕助。

さすがに未知の作業なので、そのあたりはしっかりしておきたいところである。

「とはいえ、まずは肉体労働からだけど」

〔・がんばれ～〕

立て札に送り出され、先ほどラディッシュを入れたのとは別のバケツサイズの桶を持って海へ向かう耕助。

塩という生存に必要な物資の入手のため、初めてファンタジー的なスキルにチャレンジすることになる耕助であった。

＊

「まずは、できるだけきれいな海水を確保する」

海岸にたどり着き、脛《すね》ぐらいの水深になるまで海に入っていく耕助。

できるだけ砂が混ざらないように注意しながら、桶いっぱいの海水を汲み上げる。

それをえっちらおっちら運び、錬金釜の隣に置いて一息つく。

「さて、塩の作り方は簡単。海水を錬金釜に入れて、塩とそれ以外を分離するよう念じながら魔力を込めてかき回す」

覚えたやり方を頭の中で念じながら錬金釜に海水を入れ、洗って表面を処理した適当な木の棒でゆっくりとかき混ぜる耕助。

とはいえ、今まで存在するとも自分が扱えるとも思っていなかった魔力を、すぐに思いどおりに扱えるわけがない。

一応クラフト台で多少は使っていたのだが、あれは耕助が意識して使っているわけではないので、扱えているとは言えない。

耕助の魔力は耕助の中でぐるぐる回るだけで、なかなか外に出ていこうとはしなかった。

「魔力を動かすのはできるんだけど、なかなか錬金釜の中に入っていかないな……」

一筋縄ではいかない作業に苦戦しつつ、かき混ぜる手は止めない耕助。

苦戦すること約十分、ひたすら体内でぐるぐる回り続けていた耕助の魔力が、じわじわと木の棒に流れ込んでいく。

「おっと。いきなりうまくいきだしたな。このまま、魔力が錬金釜に流れ込んでくれればいいんだが」

なぜうまくいったのか、その理由も分からぬまま、なめくじの歩みのようにじわじわと木の棒を伝わっていく耕助の魔力。

その様子に、なんとも不安になるしかない耕助。

そんな耕助の心配をよそに、さらに一分ほどかけて、ついに錬金釜に魔力が流れ込む。

「よし、流れ込んだな。あとは反応が終わるまでひたすらかき回すっと。注意事項は、この工程だとあくまで分離するだけで、塩以外のものがなくなるわけじゃないってことだな」

スキルとして耕助に焼き付けられた手順を頭の中で復唱しながら、塩になれ塩になれとかき回し続ける耕助。

「塩になれ、塩になれ。塩以外は海に戻れ……」

余計なことを考えないよう、ひたすらそうつぶやいて念じ続ける耕助。

かき回し続けること五分。錬金釜の中が光り輝く。

「おっ、反応が来たか」

耕助のそのつぶやきに応えるように、光が強くなっていく。

光が消えた後には、十グラムあるかないかというぐらいの塩が残されていた。

「……できたのはいいけど、たったこれだけか」

〔・耕助の技量や錬金釜のスペックも踏まえると
・あの程度の水の量だと、そんなもの。
・もっと精進すれば、本来含まれてる量の三倍ぐらいまでは狙える〕
「……質量保存の法則、どこ行った？」

〔・何を今さら。
・リソース的にはちゃんと帳尻が合ってるから
・そういうことは気にしない〕
「……確かにそろそろ慣れないとな」

立て札に言われ、あっさり納得する耕助。

一日で伐《き》った木や刈った草が復活し、種をまいたラディッシュが実を結ぶ世界だ。海水から含有量を超える塩が取れたところで、何ら不思議はない。

〔・じゃあ、次は海で魚。

・ミッションも出しておいた。

・報酬は調理器具のレシピ。

・おまけで食べるミッションも出しておく〕

立て札が新しいミッションを出しつつ、耕助にそう指示を出す。

「OK。とはいえ、塩は最低でもあと二回は作っておかないとまずそうだし、東屋づくりも考えると、釣りは拘束時間が長すぎるな。あんまり自信はないけど、罠を作って仕掛けてみるか」

〔・いいと思う。

・なんだったら、銛《もり》を作って素潜りでとったどー〕

「無茶言うな」

難しいことを平気で言ってのける立て札に即座にそう言い返し、ミッションの完了操作をして報酬のレシピをもらってから籠罠《かごわな》を作る耕助。

この二日で結構いろいろ作ったこともあり、ほぼロープが付いただけの単なる箱という感じの一番簡単な籠罠ぐらいなら、苦労せずに作れるようになっている。

「三つも仕掛けておけば、一つぐらいは何かかかるだろう。難易度的には川のほうが楽っぽいけど……」

〔・川は森の中。

・行ってもいいというか
・そろそろちゃんと確認したほうがいい〕
「そうだな。東屋作ったら行ってくるか。さすがに、優先順位はそっちが先だ」
〔・ん。活動拠点の充実は重要〕
「まあ、罠仕掛けてくる」
〔・その前に、錬金釜から塩を取り出しておくこと。
・忘れて海水入れたら技量的に考えて
・一回目の塩はなかったことに〕
「おっと、危ない」

〔・耕助のそういうところは
・本当に注意するべき〕
「本気でそうだよな……」

立て札に突っ込まれ、しょげながらも錬金釜から適当な皿に塩を移す耕助。

本当なら蓋《ふた》ができる瓶か何かに入れたいところだが、現在そんなものは存在しない。

もともと塩を作る予定がなかったというのもあるが、そもそも今の耕助に、蓋ができる筒状の容器なんて作れない。

なので、今は皿に移すことにしたのだ。

「あとで、塩用のコップか桶作っとかないとな」

〔・今の感じだと、桶のほうが安全。

・コップだと、うまく入らなくて大部分を飛び散らせる未来が」
「……俺もそう思う」

立て札の指摘に、同じ未来を想像した耕助が遠い目をしながらうなずく。

いくら少量とはいえ、というよりむしろ、少量の塩が釜の底のほうに溜《た》まっている状態だからこそ、小さなコップへ移すのは難しいのだ。

「この辺も、今後の課題だな」

〔・ん。
・結局この問題、やり方に関係なく
・今後ずっとついて回る〕
「だよなあ。まあ、罠を仕掛けてくるか」

〔・いってら～〕

今考えてもどうにもならないことだと問題を先送りにし、食料調達兼ミッションクリアのために罠を仕掛けに行く耕助。

浅瀬に仕掛けても漁果は少なそうだとなんとなく予想を立て、崖になっているところを探して罠を沈めることにする。

選んだポイントは、森にほど近い場所であった。

「えっと、籠を海に投げ込んで、ロープの先の杭《くい》を適当なところに打ち込んで固定すればいいんだな」

レシピと一緒に覚えた罠の仕掛け方に従い、適当に間隔をあけて三つの罠を慎重に仕掛けていく耕助。

穏やかではあっても波はあるので、杭を打つなり木にくくりつけるなりしないと流されてしまうのだ。

「さて、塩用の桶を用意して、また塩を作るか」

腹具合から昼までまだ時間があると判断し、次の作業を塩づくりに決める耕助。

拠点に戻って塩を入れる桶を作ったのち、先ほど海水を汲んだ桶を手に取り、ひたすら黙々と砂浜で海水を汲んでは塩に加工する作業を繰り返す。

おおよそ三百グラムは作れたであろうタイミングで、立て札から連絡が来る。

〔・そろそろ、罠を確認してもいいと思う〕

「そんなに早くかかるものか？」

〔・ゲーム的補正があるから
・これぐらいで普通にかかる〕
「便利だな、ゲーム的……」

〔・ないと、耕助は普通に餓死《がし》する〕

「いやまあ、そうなんだけどな……」

立て札に身も蓋もないことを言われて肩を落としつつ、罠の確認に行く耕助。

立て札の言うとおり、ちゃんと何かが罠にかかっていた。

「さて、何がかかっているのやら……」

〔・わくわくどきどき〕

「って、なんでいるんだよ」

〔・場合によってはリリースする選択があるから
・現場でないと何がかかったか分からなくなる可能性が〕
「はいはい。だったら、俺の手に負えるかどうかのアドバイスはくれよ」

〔・りょ〕

いきなり隣ににゅっと生えてきた立て札にそう突っ込みながら、最初の籠罠の中を確認する耕助。

中から出てきたのは、とても立派なタコであった。

「……タコか。まあ、罠といえばタコってイメージがなくはないが……」

〔・残念。今の状況だと、処理が難しい。
・もう少し、調理関係の設備や機材が整って
・油や塩が潤沢にならないと
・寄生虫とか細菌とかの意味で危険〕
「やっぱりか」

〔・まあ、足一本ぐらいなら
・今ある塩でもんでぬめりをとって
・串にさして焚火で焼くという手はある〕
「確かタコって、足を切っても生えてくるんだっけ？」

〔・どうだったっけ？
・無人島のタコがどういうものか分からないから

・絶対生えないとは言えない〕
「そうか。というか、鑑定結果はどうなってるんだ？」

〔・多分、タコとしか出ないと思う〕

「……タコとしか出ないな。まあ、無理せずリリースするか」

〔・それでいいと思う〕

立て札のアドバイスに従い、素直にタコを海に逃がす耕助。

基本丸焼きしかできない現状では、手に余る食材はこうするしかない。

前にテレビで見た知識が正しいのであれば、茹《ゆ》でて食べられるようにするにしても、下処理に大量に塩がいるので結局は手に余る。

「で、次は……、おそらくウツボか？　リリースだな」

〔・ん。耕助の技量で捌《さば》くのは、危険すぎる。

〔・指でも噛《か》みちぎられたら終わり〕

「だな……」

タコ同様に立て札のアドバイスを聞き、噛まれないように注意しながら海へ逃がす耕助。

バラエティ番組で銛漁《もりりょう》に覚醒した某芸人と違い、耕助にウツボをどうにかする能力はない。

「となると、最後の籠に入ってるのが手に負えるかどうかだな……」

〔・籠罠は、何気に普通の魚がかかりづらい〕

「そうなのか？」

〔・隙間に潜り込む習性のある相手をひっかける罠だから

・どうしてもタコとかウツボとかそういうのがかかりやすい〕
「なるほどなあ……」

〔・網を使うのもありだけど
・それはそれで耕助の手に余ると思う。
・主に獲《と》れすぎるほうで〕
「一網打尽って言葉があるぐらいだからなあ……」

そんなやり取りをしつつ、最後の籠を引き上げて中を確認する。

最後の籠に入っていたのは、そこそこ立派なカニだった。

「これは、食えるんじゃないか？」

〔・殻を割るのに苦労はすると思うけど
・普通に大丈夫。
・一応食べて大丈夫な種類かは確認しておくこと〕
「そうだな。確か、カニの中には毒があって食えないやつもいたはずだし、見ておくに越したことはないな」

立て札に注意され、念のために鑑定をしておくことにする耕助。

鑑定結果はベニズワイガニと、耕助とは思えないほど当たりなものであった。

「……ズワイガニ、だと……!?」

〔・おめ〕

「カニカマじゃないカニなんて、二十年ぐらい食ってないな……」

〔・そうなると、ちょっともったいないというかさみしい。
・現状だと、丸ごと茹でてそのまま食べるしかない〕
「贅沢《ぜいたく》を言い出したらきりがないし、完全栄養食バーとラディッシュ以外のものが食えるだけでもありがたいと思うさ」

〔・ん、確かにそれはそう。
・でも耕助、今思ったんだけど〕
「なんだ？」

〔・もしかしたら耕助の場合
・最終的には島で暮らしてたほうが
・日本に帰るよりいい暮らしできるかも〕
「……ありえないとは言い切れないな……」

立て札の指摘に、飛ばされる直前の状況を思い出して愕然《がくぜん》とする耕助。

あの時の耕助は、言ってしまえば詰み寸前だった。

年代的にも微妙にセーフティネットからはみ出がちで、下手をすると生活保護すらスムーズには受けられないかもしれない世代だ。

三十五歳というのは求人も急速に減り始める年齢のため、選《え》り好みしないとしても仕事にありつけるかどうか怪しくなる。

しかも、火事でアパートが燃え落ち、住所不定になってしまっている。

兄弟は親の介護で手一杯なうえに、社畜をやっていた関係で介護にまったく協力していなかったため、ほぼ縁が切れている。

なので、保証人はもとより、実家に転がり込んで助けてもらうのも簡単ではない。

介護を代わるかわりに生活を助けてもらう方法も、生活費が一人分増えるので一家揃って共倒れになる可能性が否定できない。

そもそも、実家に帰る旅費すら結構ギリギリだったりする。

そういったもろもろを踏まえると、ここから立ち直るのは、当人の努力だけでなく相当な運が必要になってくる。

なので、冗談抜きで最終的に島暮らしのほうが生活環境が良くなりかねない。

「……そうだな。むしろ、そうなるようにがんばるか」

〔・ん、なんだか前向き〕

「前向きにならないと、やってられないからな」

カニの入った籠を前に、そんな決意を口にする耕助。

この時になって、ようやく耕助は無人島生活に前向きになるのであった。

第6話 生活環境を整えよう

その5 東屋を作ろう

「そろそろいけるか？」

〔・多分大丈夫〕
昼食時。大急ぎで作った巨大な鍋を前に、耕助《こうすけ》はカニが茹《ゆ》で上がるのを今か今かと待っていた。
「それにしてもこのカニ、だいぶデカいんじゃないか？　胴体が俺の顔よりデカい気がするぞ？」
〔・ん。ベニズワイガニとしては巨大。
・たぶん、タラバガニの大きいのと同じぐらいある〕
「でかいズワイガニって、味の面ではどうなんだ？」
〔・うろ覚えだけど、あまり育ちすぎると美味《おい》しくなくなるはず〕
「やっぱりか？」
〔・ただ、そもそもダシ素材もポン酢もないから
・そんなに差はないと思う〕
「かもなあ」

そう言いながら、茹で上がったカニを鍋から上げる耕助。

カニは、とてもいい色に仕上がっていた。

「さあ、食うか」

まだ湯気が上がるほど熱々のカニを、わざわざこのために作ったトングを使って押さえて脚をもぐ耕助。

ハサミなんて作れなかったので、まな板の上でこれまたこのためだけに作った楔《くさび》とハンマーを使って殻を割っていく。

これらの道具は、魚介類を獲《と》るミッションの報酬で得たレシピを使って作っている。

食欲という後押しがあったからか、カニを食べるための道具類は今まで作った中で最も性能が良かったりする。

「……獲れたてだからか、こんなやり方でも美味《うま》いわ……」

〔・ん、よかった〕

脚をじっくり堪能し、ため息とともに感想を漏らす耕助。

道具や調味料が十分にあれば、もっといい状態で美味しく食べることもできただろう。

さらに言えば、美味いカニの定義からすれば、このベニズワイガニはかなり育ちすぎている。

だが、この島に飛ばされる前からろくなものを食べていなかった耕助にとって、しっかりしたカニの味を感じられる時点で、十分すぎるほどのごちそうであった。

「ふう……これ以上は、胃袋的にも飽きの問題でも無理だな……」

〔・カニだけで、味変もなしにその量食べるの、すごい〕

「腹減ってたしな」

〔・そういや、ラディッシュを食べてみたりしないの？〕

「素で忘れてたな、それ。つっても、今は入らないから、食べるのは夜だな」

〔・ん〕

ほじれるところを今の道具での限界までほじって身を食べつくし、満足そうにそんな話をする耕助。

実のところ、口の中をリセットするという意味では、大根の辛い部分の味がするラディッシュはちょうどよかったのだが、そもそも意識してラディッシュを食べたことなどない耕助は当然そんなことは知らない。

「さて、腹も満ちたことだし、次は東屋《あずまや》づくりだな。足りない材料はっと……」

伝言板を覗《のぞ》き、材料を確認する耕助。

ついでに、念のためにほかのミッションについても確認しておく。

「……畑に関しては、晩飯の時にラディッシュ食って一つ、明後日《あさって》にジャガイモを収穫してもう一つって感じか」

ミッションの内容を確認し、一つうなずく耕助。

カニと一緒にラディッシュを食べていれば一つは終わっていたのだが、どうせ午後からは東屋関連の作業に専念するのであまり関係ない。

「よし、カニ食ったからミッション一個完了したな」

獲った魚介類で腹を満たすというミッションが完了扱いになっているのを見て、素直に完了させておくことにする耕助。

ミッション報酬は、高性能な釣《つ》り竿《ざお》の現物一本とリールなどの釣り関連レシピであった。

「さっき塩の時にもらったレシピにはなかったリールとかのレシピもあるあたり、しばらくは素直に食う分だけ釣れっていう圧を感じるな……」

〈・それはそう〉

耕助のミッション確認を黙って見ていた立て札が、そんな風に茶々を入れてくる。

「晩飯のこともあるし、東屋作って時間あったら、軽く釣ってみるか」

〈・ん、そのほうがいい。

・毎回カニなのも、健康的とは言いがたい」
「まあ、今は健康云々《うんぬん》以前に、食えるものは何でも食わないと飢え死にするけどな」

〔・炭水化物は、最短で明後日。
・ジャガイモ収穫できるまで待つ必要が〕
「正直、あるだけましだと思ってる」

そう言いながら、斧《おの》とハンマーを手にする耕助。

畑仕事や籠罠《かごわな》づくり、調理器具で消費した分を穴埋めするため、木を三本と石を二つほど集めてくる必要があるのだ。

欲を言うなら、クラフト台や斧、ハンマーの予備を作るための材料も余分に欲しいところだが、クラフト台はともかく斧とハンマーはそれぞれ三つは予備を持っているので、あまり気にしなくても大丈夫だろう。

「クラフト台はまだまだ壊れそうにないから、予備の材料は東屋を作ってからでいけるな」

〔・ん、それぐらいは余裕。
・斧とハンマーに問題がないなら
・今ある材料は全部東屋に回しても大丈夫〕
「だよな。じゃあ、今日のところは後の作業時間も考えて、調達するのは必要最低限だけにするか。ちょっと集めてくる」
〔・いってら〕
方針を決め、材料集めに行く耕助。

さすがに三日も同じことをやっていれば慣れてくるもので、若干ではあるが各種作業が早く終わるようになっている。

足りない分の材料集めは、十五分ほどで終わる。

「たぶん、これで足りるはず」

〔・おつ〕

「にしても、丸太五十本っていうと、結構な数だよな」

資材置き場となっている一角を眺め、しみじみとそんな感想を口にする耕助。

大小さまざまなうえに雑に積み上げられているとはいえ、丸太五十本はかなりの威圧感がある。

「というか、東屋作るのに、こんなに大量の材料がいるのか？」

〔・その疑問に関しては、ミッションを進めれば分かる〕

「そうか。じゃあ、とりあえず完了、っと」

立て札に言われ、素直に材料集めのミッションを完了させる耕助。

その直後に、頭の中にいろいろなレシピが思い浮かぶ。

「……なるほど。梯子《はしご》に足場か……」

〔・逆の話、なしでどうやって作る？〕

「……だなあ……」

立て札に突っ込まれ、思わず目をそらしながら同意する耕助。

そこまで深くは考えていなかったのだ。

「ただ、これなら、足場の分は次から必要な材料に含まれないな」

〔・ん。
・ただ、足場の数が足りない場合
・当然、後から作り足すことに〕
「東屋づくりに使った分を超える数の足場は、当分いらないだろうけどな。正直、そんなデカい建物を作るのは手に余る」

〔・というか、根本的に
・その規模の家は一人で建てるものじゃないと思う〕
「だよな。正直、今だと横になるスペースとテーブルとか置くスペース、あとはかまどを置くスペースを壁と屋根で囲えれば十分なはず」

〔・ん。大体1LDK十四畳ぐらい？〕

「収納も必要ないし、そんなもんか？」

立て札の提示した広さに、そんなもんかもとうなずく耕助。

なお、レシピの東屋の大きさが、大体それぐらいである。

「さて、レシピももらったし、まずは材料の加工だな」

〔・がんばれ～〕

何はともあれ、材料とレシピが揃《そろ》った以上、やることは一つ。

資材の加工である。

「作らなきゃいけないものも多いから、今回は大仕事になるな」

頭の中で加工手順を考えながら、そうつぶやく耕助。

こうして耕助は、生まれて初めてとなる建物の建築作業に着手するのであった。

＊

「まずは何を置いても柱と梁《はり》だな」

山積みになった丸太を物色しながら、優先順位を決める耕助。

家を作る予行演習という側面もあるため、実際に建物を作る際にどこをしっかりしておく必要があるかを考えているようだ。

「問題は、スキルの補助があっても、材木の良し悪しがいまいち分からないことなんだが……」

自分で集めてきた資材を前に、そんな非常に大問題となることを言う耕助。

困ったことに、現時点では加工手順と組み立て手順が分かるだけの素人と大差ない。

当然のことながら、材料の良し悪しなんて見極める能力はないのである。

「よし、見た目に立派な感じのやつを使っていこう。見た感じどれも虫食いとかはなさそうだし」

結局どれだけ見比べても太さと長さ以外の違いが分からなかったので、サクッと見て自分の感覚だけで選ぶことにする耕助。

何度もがんばって鑑定したが、標準品質の丸太としか出てこなかったので、いろいろ諦めたのだ。

立派に見える丸太の中がひどい虫食いだったり枯れてスカスカだったりとかは割とよくあることなのだが、そもそもこの木材は八割がミッション報酬としてどこからともなく落ちてきたもので、残り二割が伐った翌日にリポップした木材だ。

鑑定結果も標準品質ということなので、少なくとも虫害などに関しては気にする必要はないだろう。

「そういや、この島に来てから、虫とか鳥とか見かけないな」

虫食いからそんなことを連想しつつ、丸太を柱と梁に加工していく耕助。

もともと途轍《とてつ》もなく不自然な島なので気にしてもしょうがないのだが、それでも春ぐらいの暖かな気温で木も草も十分生えているのに、虫の類《たぐい》が一切いないのは気になる。

「今気づいたけど、この気温で花も咲いてないんだな……」

なんとなく、花が咲いていないことにも気がついてしまう耕助。

いくらゲーム的な仕様が支配している島とはいえ、花も虫もないというのは不自然に過ぎる。

「てか、一晩で実ったからか、ラディッシュも花とか見なかったな。いや、そもそもラディッシュの場合、芽が出るところすら見ないうちに収穫になったんだが」

ゲーム仕様の罠ともいえる事実に、梁を作りながら遠い目をする耕助。

ラディッシュは寝て起きたら実る仕様だったこともあり、ジャガイモと違って育つ過程を一切観察していない。

鑑定などでも島ラディッシュだと明記されているところから、あのラディッシュが特殊なのは間違いないだろうが、普通の成長過程を経ずに実るというのはなんとも不安にさせる話である。

「これ、何が怖《こわ》いって牧畜とか養殖とかやり始めたとき、どういう風に子供が生まれるのかとかが分からないってところだよな……」

気が早い話だと分かりつつ、この島で暮らしていくのであれば将来確実に手を出すであろう産業について考えてしまう耕助。

普通に妊娠出産もしくは産卵を経て子供が育って増えていくのであればいいが、リポップの要領で単細胞生物が細胞分裂で増えるようなノリでポンポン増えられるのは、困りはしないが怖くはある。

「こりゃ、早いとこ東屋を建てて、そのあたり立て札に確認したほうがいいな」

あまりにも怖い想像がどんどん湧いて出てくるに至り、そう結論を出す耕助。

すぐに関係してくる話ではないが、正直怖くて仕方がない。

とはいえ、たとえ簡単な東屋とはいえ、建物は建物だ。

ゲーム仕様に助けられたところで、素人の耕助がそんなに早く建て終えることができるわけがない。

なんだかんだで、足場も含む使うものすべての加工が終わるまで、二時間以上かかってしまった。

「……やばいな。立て札に聞くこと云々以前に、早く終わらせないと日が暮れる」

確認する余裕がなかったので正確な時間は分からないが、おそらくもう午後の三時は過ぎているであろうことに、焦りが募る耕助。

建てる場所はよく考えろと言われたが、そこまでこだわる余裕はなさそうである。

「……よし。細かいことは考えずに、畑のすぐ隣ぐらいに建てよう」

ざっと何もない草原を見渡し、サクッとそう決める耕助。

そうと決まればまず、起点となる柱を立てることからである。

なお、能力不足なので測量は省略している。

特に深く考える必要がない最初の一本を、焦りに任せた勢いで手早く打ち込んで立てる。

「柱と柱の間隔を間違うと悲惨だから、ここは慎重にやらないとな……」

そうつぶやきながら、慎重に二本目を打ち込む耕助。

いわゆる釘《くぎ》を使わない工法で作るため、微調整をするのもなかなか大変なのだ。

特に間隔が広すぎた場合、新しく梁を作り直す必要が出てくるのでかなり悲惨である。

「……よし、これでいけるな。次は直角を見ながら……」

梁を置いて慎重に位置を決め、三本目と四本目を打ち込む耕助。

一見して割とサクサク進んでいるように見えるが、実のところ微調整や確認を何度も繰り返しているため、ここまでで一時間以上経過している。

むしろ、よく一時間強でここまで進んだというほうが正しいぐらい、耕助の作業はたどたどしい。

「よし、ここまできたら、足場を組んで梁と屋根だな」

そう言いながら、大急ぎで足場を組んでいく耕助。

すでに十六時を過ぎており、いつ日が暮れてもおかしくない。

今回は一番高いところで約三メートルとさほど背が高いわけではない建物なので、足場といってもそれほどの規模ではない。

それでも不慣れな作業なので時間はかかってしまう。

なんだかんだで、足場を組み終えて梁を取り付けたところで、日が落ち始める。

「やばいな。屋根の取り付けまで終わるか？」

大急ぎで四角錐《しかくすい》になっている屋根の骨組みに一枚ずつ屋根板を取り付けていく耕助。

場合によっては、屋根の完成は明日になるなと思いながらも、必死になって一番下から順番に板を重ねていく。

一番上の四枚と天辺《てっぺん》及び各辺の目張り用のパーツを取り付ければ完成、というところで、無情にも完全に日が暮れてあたりが暗くなる。

「……暗いけど、取り付けだけなら何とかなるか」

無謀にもそんなことを考えながら、急激に暗くなって見えづらくなった中、半ば手探りで残りの屋根板を取り付けていく。

あと少しだからと無理をするのは、恐らくブラック企業に長年勤めてきた社畜根性のなせる業であろう。

暗くなった影響で作業効率が落ちたこともあり、耕助が最後のパーツを付け終えたのは日が暮れてから一時間後のことであった。

「さて、これでミッションのクリア判定が出るか？」

慎重に足場を下りながら、やり切った気持ちとちゃんとできているかの不安とが入り混じった表情でそうつぶやく耕助。

足元もろくに見えないほど暗くなっているので、早く戻って火をおこさないと困ったことになる。

三日目にして社畜っぽい考え方でかなりの残業をしてしまった耕助は、暗い中を大急ぎで帰る羽目になるのであった。

＊

〔・おか〜〕

拠点に戻り、火をおこし終えたところで、立て札が声（？）をかけてくる。

〔・だいぶ遅くまでがんばった。
・ちょっと無理というか無茶しすぎだと思う〕
「作業的にもうちょいってところだったから、一気に終わらせた」

〔・なる。
・それで、ご飯の調達は？〕
「さすがに釣りは厳しいな。一応仕掛け直した罠があるから、それを確認してみる」

〔・りょ〕

立て札に問われ、個人的に妥当だと思う調達方法を告げる耕助。

おそらく昼と同じような結果だろうとは思うが、もしかしたらもう少し調理しやすい小ガニがかかっているかもしれない。

そんな淡い期待を胸に、たいまつを焚火《たきび》に突っ込んで火をつけて、獲物を入れる桶《おけ》を持って立ち上がる。

そのまま歩くこと数分。昼に籠を仕掛けたポイントに到着する。

「暗いから、中の確認も慎重にやらないとな……」

〔・ん、もちろん〕

「やっぱ来たのか」

〔・こういうのは、間近で見るのが面白い〕

ポイントに到着すると同時に生えてきた立て札と雑談しながら、慎重に籠を引き上げる耕助。

最初の籠は、開けるまでもなく正体が判明していた。

「こんだけ暴れてるってことは、ウツボだな」

〔・多分そう〕

「リリース、リリースっと」

そう言いながら、海に向かって籠の中身を放り出す耕助。

実は中に入っていたのはウツボではなくアナゴだったのだが、どちらにしても耕助の手に負える食材ではないので同じことである。

「次は……、なんで貝が入ってるんだ？」

〔・貝だって泳ぐ〕

「いや、そりゃそうなんだが。こいつらどう見ても岸壁に張り付く系の連中じゃないか？」

〔・基本的に狭いところに入る習性があるのを引っかけるっていっても
・それしかかからないわけじゃない。
・三割くらいの確率で、この種の罠じゃかかからないのがかかる〕
「そうか。……これ、塩コショウでいいのか？」

〔・他にない〕

「だよなあ……」

サザエやアワビに似た何種類かの貝をごりっという音を立てて籠から引っぺがしながら、そんな話をする耕助と立て札。

正直なところ、この種の貝は醤油《しょうゆ》かバター、せめてレモンが欲しいところだが、ようやく塩を自力調達できるようになったばかりだ。

そんな贅沢《ぜいたく》は到底言える状況ではない。

むしろ、塩コショウがあるだけマシである。

「最後の籠は……、これはサンマか？」

〔・ん〕

「なんでだってのは言うだけ無駄だとして、この海で獲れるんだな……」

〔・似たような魚は大体いる。
・ちなみに、サンマの寿命は二年ほど。
・美味しい時期が限られてるだけで
・いないわけじゃないから一年中獲れることは獲れる〕
「ああ、まあ、そりゃそうか」

〔・考えれば分かることだけど、そのあたりは意外と見落としがち。
・禁漁期って基本的に水産資源の保護と管理が目的だけど
・それとは別に美味しく育つまで待つためっていうのもある。
・実際、全部が一年二年で死ぬわけじゃないから
・その気になれば獲るだけなら大体の魚は一年中獲れる〕
漁業に関する豆知識を披露する立て札。

その説明にそんなもんかと思いつつ、なんでそんなことを知っているのか不思議に思ってしまう耕助。

「……まあ、サンマなら塩焼きでいいから簡単だな」
〔・ん〕
「にしても、なんで禁漁期のこととかまで知ってるんだ？」
〔・親が日本とは、いろいろ縁があるから。
・といっても、耕助がいた日本とは違うだろうけど
・多分、漁業関係のルールとかは変わらないはず〕
「そうか」

立て札の言葉にうなずきながら、もう一度籠罠を仕掛ける耕助。

ぽちゃんと音がしたのを確認後、背を向けて拠点に戻る。

「そういや、作業中に気がついたんだが、この島って虫も花もないよな」

夕食の貝とサンマを下ごしらえし、火にかけたところで立て札にそう話を振る耕助。

焼けるのを待つ間に、気になったことを聞いておくことにしたのだ。

〔・それは単純に
・環境の安定化と島の各種システム調整の問題。
・まだそのあたりをちゃんと生態系に組み込んで
・うまく働く状態になってない〕
「そうなのか？」

〔・ん。
・これは耕助の相手をしているうちに気がついたんだけど

・耕助ががんばると、システムが安定しやすい感じ。
・だから、耕助の生活環境とか状況に応じて
・少しずつシステムを拡張していくことになる。
・差し当たってまずは、天候まわりからになると思う〕
「ああ、雨が一向に降らないのは、そういう理由もあったのか」

〔・ん。
・一番は、今の状況で天気がころころ変わると
・耕助があっという間に詰むからだけど
・システムがどうにも不安定だからっていうのも大きい〕
「そうか。まあ、俺としては助かるからいいんだけど、本来なら天気の変動で長期的に環境を安定させるんだろ？」

〔・ん。でも、耕助が来る前から
・天候システムを入れると
・破滅的なレベルで不安定になる〕
「……世界の管理って、大変なんだな……」

〔・それはそう。
・生態系一つとっても、とてつもなく複雑。
・気候変動とか、ちょっとのパラメーターの変化で
・恐ろしいほど環境が変わる〕

「……人類でよかったわ」

〔・創造神なんて

・案外いいことない〕

なぜか、神様の裏事情っぽいものを聞かされることになり、正直な感想を口にする耕助。

そんな耕助の感想に対し、しみじみと思うところを告げる立て札。

なんとなく、耕助のバラエティ番組的四苦八苦を楽しみにしている背景が漏れ出ている感じである。

〔・それはそうと

・耕助が社畜精神を発揮した結果

・無事に東屋を作るミッションと

・マンスリーミッションが完了してる〕

「おっ、ちゃんと終わったか」

〔・なので

・サンマが焼ける前にとっとと完了操作をする〕

「おう」

立て札にせかされ、伝言板の前に移動する耕助。

まずは長期目標の東屋を作ろうというミッションを完了させる。

「……なるほど。次は普通の掘立小屋《ほったてごや》のレシピか」

〔・実質、東屋に壁と扉が付いただけだけど

・野宿よりはかなりマシなはず〕

「そりゃまあ、そうだわな」

〔・で、次のミッションで、待望のインベントリ的なのが〕

・次のミッションが重要。

「おお!? ようやく遠くからでも資材を集めてきやすくなるのか!?」

〔・多分恐らくメイビー〕

「なんだよ、曖昧だな」

〔・何しろ、インベントリスキルに関しては

・耕助の初期容量が分からない。

・アイテムバッグも、現状でどの程度の容量が作れるか

・能力が低すぎて逆に予想がつかない〕

「……そういうことか……」

〔・そういうこと〕

立て札に厳しい現実を突きつけられ、思わずうなだれてしまう耕助。

能力が低いということに関しては、残念ながら否定の余地はない。

〔・まあ、耕助の能力が低いのもしょうがない。

・ぶっちゃけ、ネトゲの初期スペックが雑魚なのと同じ。

・オリンピック選手とかそのクラスでもない限り

・この環境で日本人の身体能力なんて誤差の範囲。

・技能関連にしても、宮大工か木工工芸でもやってない限り
・役に立つものなんて普通持ってない」
「改めて考えてみると、十年以上の会社生活で、何も役に立つことを身につけてないんだな……」

〔・そもそも
・サバイバル環境で役に立つことを覚えられる仕事とか
・それはそれでかなりレアだと思う〕
「……そうかもな」

己の無能さにへこみかけた耕助に対し、慰めるでもなくそんな事実を告げる立て札。

実際、この環境で役に立つスキルが身につく仕事なんて、漁師か猟師、もしくは軍人とかゲリラの類になってくるだろう。

そんな前歴を持つ三十五歳は、少なくとも現代日本においては漁師以外少数派になるに違いない。

〔・そのあたりは置いておくとして、
・ここまでは最初から報酬内容が決まってるミッション。
・次は内容がランダムなマンスリーミッション〕
「確か、レシピ一品だったよな？」

〔・だったはず。
・ちなみに、マンスリーだけあって
・報酬はレジェンダリーまで出る〕
「あんまりレアリティ高すぎても、作れなくて役に立たなさそうだよな」

〔・実際、すぐには役に立たないとは思う〕
「まあ、完了してみるわ。……やっぱ、いらんフラグが立ってるなあ……」
〔・お約束すぎる。
・で、何が出たの？〕
「超時空要塞《ようさい》のレシピ全集だとさ。材料からそれ作るための設備、動力炉とか何から何まで、全部レシピに入ってる」
〔・何その神引き〕
「問題は、鋼鉄から下のレシピはないんだよな、これ。だから、超金属の溶鉱炉作るためのレンガを作る耐熱レンガとか、生産ラインに使う鉄とかはどっかでレシピ確保しないと……」
〔・ああ、なるほど。
・そのあたりは、そのうち報酬で出てくる〕
「あと、必要な資源の採掘が、この島でできるかどうかが分からん」
〔・アプデの結果を祈って〕
「そっちにも分からないのか……」
〔・ある程度ランダムにしないと
・安定性が……〕
「なるほど……」

トンデモすぎてまったく役に立ちそうにないレシピに、二人して遠い目をする耕助と立て札。

なお、超時空要塞という名がついているが、主砲を撃つために人型に変形したり移民船団を率いて長距離ワープ的な移動をしたりするわけではない。

単に複数の時空間に同時に存在し、干渉できる仕様の要塞だというだけである。

それはそれで恐るべき性能だが、どちらにせよ無人島生活には意味のないものだろう。

「まずは、洗濯機とか動かせるように、サブ動力を起動するための動力炉を目指す感じか……」

〔・それが妥当かも〕

「……まあ、そんな未来のことは忘れて、いい感じに焼けたサンマを食うか」

〔・ん。
・付け合わせにラディッシュも。
・ぶっちゃけ大根的な存在だし〕
「サンマには大根おろしってか。……なんだこの微妙な辛さ。ぶっちゃけまずいな……」
〔・そもそも島ラディッシュに何を期待してるの？〕
「そう言われりゃそうなんだが……」
〔・がんばって品種改良〕
「できるといいんだが……。まあ、サンマで口直しするか。……うん、美味い」
未来への展望があるだけマシ。
そんなことを考えながら、ラディッシュの味に悶《もだ》えつつ脂がのった上質なサンマの塩焼きを堪能する耕助であった。

第7話　新しい人を迎え入れよう

〔・お兄ちゃん、遅刻するよ～〕
「……今日の起こし方は妹系か……」
〔・やって思ったこと。
・自分でもどれが元ネタか分からない……〕
「いやまあ、確かに妹キャラって大体そういう感じだしな……」

〔・もしくはメスガキ系か
・兄貴、起きろ！　とか言っちゃうタイプ。
・いずれにしても類例が多すぎて
・昨日以上に元ネタが特定できない〕
「だろうな……」

もはや恒例となりつつあるやり取りで、四日目の朝を迎える立て札と耕助《こうすけ》。

早くも立て札の起こし方にネタ切れの影がちらついている点については、突っ込まないのが武士の情けであろう。

〔・それで耕助。
・朝ご飯はどうする？〕
「悩ましいところなんだよな。完全栄養食バーはできたら温存しておきたいけど、魚とラディッシュだけだと炭水化物がないから、腹が減るのが早いしなあ……」

〔・確かに、とても悩ましい〕

耕助の悩みに同意する立て札。

本日手に入るのはラディッシュと魚介のみ。

どちらも日持ちしないものなので、未開封なら一年はもつ完全栄養食バーの残り一日分一箱は、いざというときの保存食として取っておきたいというのはよく分かる。

しかし、それだと重要なエネルギー源である炭水化物がどうしても不足しがちになる。

現状必要な作業はどれもかなりの重労働なので、実のところ完全栄養食バー一箱分のカロリーである二千キロカロリーでは微妙に赤字。

つまり、どう考えても魚とラディッシュだけではどんどん痩せていくのだ。

〔・だったら、本日のガチャとミッションの確認。
・もしかしたら、食料が手に入るかも〕
「そうだな。完成品とまでは言わなくても、もしかしたら小麦粉とかそば粉とか、その手のものが手に入るかもしれない」

〔・ん。
・というわけで、まずはガチャから〕
「おう。回してくれ」
〔・スタート〕
耕助の合図に従い、ガチャを回す立て札。

またしても取り出し口が激しく輝いて、銀色のカプセルが出てくる。

本日で三日連続となる、ハイレア演出である。

「……外れだな」

〔・まあ、デイリーガチャはしょうがない。
・闇鍋ガチャだし。
・食料関係がピンポイントで出てくる確率はとても低い〕
「だろうな。で、今日のゴミはなんだ？」

〔・ちょっと待って、オープン〕

ハイレア演出という時点で外れを確信した耕助に同意しつつ、カプセルを開封する立て札。

出てきたのは家庭用のエアコンと室外機であった。

「三種の神器じゃなくて３Ｃのほうか……」

〔・何この微妙な悔しさ……〕

「なんであんたが悔しがる……」

〔・ニアピンなの、モヤモヤする〕

「知らんわ……」

仮に電気があっても置物にしかならない白黒テレビよりまだマシとはいえ、現状では設置場所も稼働手段もなくて使い物にならないエアコンを前に、そんな話をする耕助と立て札。

どちらにせよここに置いておいても邪魔なので、邪魔にならない場所に避《よ》けておいた洗濯機の隣へ運ぼうと室外機を持ち上げる。

「……そういや、配管資材は付いてないのか？」
〔・言われてみれば〕
「……もしかして、たとえ絶対必要なものでも、別売りのものは一緒に出てこないとか？」
〔・それはそう。
・……ああ。設置場所によって必要な長さが変わるから
・基本的にエアコンの配管資材は別売り。
・確か一メートルいくらだったはず〕
「……一気にガラクタ度合いが上がったな。それも大幅に」

〔・ガチャで配管資材引くのを待ってたら
・エアコンのガラクタ脱却は無理だと思う。
・むしろ、自力で作るほうが早いかも〕
「否定できない……」

立て札の言葉に、遠い目をしながら同意する耕助。

クラフト台の仕様を踏まえると、材料とレシピがあれば配管資材ぐらいは簡単に作れるだろう。

その際、固定のためのねじや壁に配管を通す穴をあけるドリル、隙間《すきま》を埋めるためのシール材なども必要になるのだが、配管資材を作れるレベルであれば、恐らくどれも問題なく作れるであろう代物である。

〔・というか、耕助はよく、配管資材に気がついた。
・そもそも、配管資材なんて言葉を知ってるなんて……〕

「ここに飛ばされるちょっと前に、アパートのエアコンが修理不能なレベルで死んでな……。手持ちの金が買い替えるにもぎりぎりで、ものすごく必死に計算したんだよ……」

〔・……またブラックの香りがする。
・というか、配管資材気にするほどお金なかったの？〕
「他人のミスをかぶせられてペナルティで罰金って名目で、給料一気に減らされてなあ……」

〔・……えっ？〕

「で、税金とか年金とか保険料を支払ったら足りないって言われて差額請求されてな……」

〔・それって、日本だと普通に違法じゃ……〕

「まあ、だから労基に入られてつぶれたんだろ」

などと、とてもブラックな話をする耕助。

実際のところ、あまりに目に余るときや故意に損害を出した場合などで、企業が従業員に直接損害賠償請求を行うことはないわけではない。

基本的にそういうケースは企業側が不利ではあるが、従業員が全面的に悪いと判断されるケースも結構ある。

ただし、耕助のケースはどう解釈しても普通に違法で、むしろ耕助が会社を訴えて賠償金を取れる案件である。

なお、耕助は知らないことだが、この話にはさらに続きがあり、耕助の税金や年金、保険料は会社が、というより二代目社長が着服していた。

それをやった相手が耕助一人ではなかったため、それがとどめとなって会社がつぶれたのだ。

「熱中症と貯金残高ゼロと天秤《てんびん》にかけて、悩みに悩んで来月の給料があるかどうか分からないからって諦めようとしたら、リサイクルショップのオーナーが同情して廃棄寸前のでよければってタダでつけてくれたんだよ」

【・そのレベルのブラックで、よく労基が入るまで持った……】

「すごいよなあ。外部に疑われなきゃ、そこまでやばくても五年やそこらは問題なく回っちまうんだから……」

ドン引きする立て札に対し、遠い目をしながらしみじみと語る耕助。

どうにも耕助がやたら後ろ向きでリスクを気にしがちなのは、ブラックの洗礼によりこの種のエピソードを大量経験していたことが背景にありそうだ。

【・……なんか、どんどん地獄の蓋《ふた》が開きそうだから

・話を変える。

・デイリーミッションの確認をしよう】

「……だな。……魚介を確保。回数だから、リリースした分も入るっぽいな。報酬は食料か」

【・だったら、回数を稼ぐのも兼ねて、まずは罠《わな》の回収から。

・そのあとご飯食べて、釣りと罠を併用してさっさと回数を】

「それで炭水化物が手に入らないようなら、諦めて完全栄養食バーを開けるか」

デイリーミッションの内容を見て、立て札の意見にうなずいて朝の行動を決める耕助。

一応火はおこしておこうとファイヤースターターを手に取る。

「にしても、落ち着いて明るいところで見てみると、昨日建てた東屋《あずまや》、案外立派な出来だな」

〔・無茶した甲斐《かい》があった？〕

「ちょっと、達成感はあるな」

ファイヤースターターを取った際に目に入った東屋を眺め、どことなく満足そうにうなずく耕助。

実際、素人が一日で建てたにしては、四角錐《しかくすい》屋根の東屋の出来はとても良かった。

「……ん？　なんだ？」

〔・どうしたの？〕

そうやって満足そうに眺めている最中、なんとなく視界に入った上空に違和感を覚える耕助。

「……いや、気のせいかもしれないが、空から何かが落ちてきてるような……」

〔・……えっ？〕

「……って、本当に落ちてきてる！　あれは人か!?」

〔・ちょっ、ちょっと待って！
・時空関係は安定してるし、別次元からの干渉もなし！
・上空含めて今、外部から何か侵入できるようになってないはず！
・人なんてもってのほか！〕
「つっても、現実に落ちてきてるんだって！　やっぱりありゃ人だ！」

〔・こっちでも確認！
・落ちてきてるのは翼人族の少女！
・たぶん、肉体年齢的には十代半ば！〕
「翼人族の少女？　って、やばい！　東屋に直撃コースだ！」

「きゃあああああああああああああああああああああああああああああああああああああああ
ああああああああああああ!!」

耕助の言葉が終わるかどうかというタイミングで、空から落ちてきた翼人族の少女が東屋の屋根を吹っ飛ばし、急角度で頭から草むらに突っ込んで突き刺さって止まる。

結果として少女は、地面から大きく足が生える、いわゆるスケキヨと呼ばれる状態になっていた。

「・うわあ……。
・パンツ丸見え……」
スカート着用が災いして、完全に下着全開になっている少女。

その状況に、そっと目をそらす耕助。

そうでなくても股間に葉っぱ一枚という変質者そのものの姿なのに、ここで下着もろ出しになっている女性の下半身を凝視など、本当に変質者になってしまう。

「……畑をそれてくれて助かったわ……」

「・そっちの心配?
・まあ、これでジャガイモ全滅だったら泣くに泣けない。
・その場合は救済措置を出してたけど」
「そうなのか?」

「・ん。
・今回のは不可抗力すぎる。
・さすがに、それで救済措置なしとかは

・下手したら耕助詰む〕

「今畑が死んだら、残りの種的な意味でも普通に詰む可能性が高いよな……」

〔・すぐではないにしても、遠からず餓死《がし》がちらつく状況。

・それは置いといて

・助けないの？〕

「……この格好の男が足引っ張って引っこ抜くって、非常に犯罪者っぽい絵面《えづら》にならないか？」

〔・大丈夫。この島にはそれを取り締まる存在はいない。

・というか、助けないと窒息死しないとも限らない〕

「……分かった。腹くくって引っこ抜くわ」

窒息死を持ち出されると日和《ひよ》るわけにもいかず、変態呼ばわりされる覚悟を決めて少女の元へ向かう耕助。

どうやら意識を失っているらしく、突き刺さってから少女の体は微動だにしていない。

そうでなくとも自力で脱出するのが難しそうな状態なのに、意識を失っているかもしれないとなると本当に危険だ。

「今から足つかんで引っ張るぞ！」

念のために声をかけると、意識を取り戻したのか、少女の足がもぞもぞと動く。

それを同意と解釈して、しっかり足をつかんで思いっきり引っこ抜く耕助。

すぽん、という音が聞こえそうなほどきれいに引っこ抜かれる少女。

たゆん、と派手に揺れる巨大な胸。

何がどうなってそうなったのか、少女の上半身を覆っていたであろう服が腰の周りに巻き付いており、上半身は裸状態。

しかもどういう奇跡か、東屋を破壊して地面に突き刺さったというのに、怪我《けが》どころか擦《す》り傷《きず》一つなく、土汚れすらなかった。

至近距離だったこともあり、耕助の視界にはたゆんたゆんと弾む胸が広がっている。

「……」

「……」

予想可能回避不可能とでも言うべき事態に、完全に固まる耕助。

一方、自分があられもない姿を晒《さら》していることに気づいて数秒固まる少女。

「……きゃあああ!!」

そんな少女が我に返ると同時に上げた悲鳴が、島全体に響き渡り空に吸い込まれていくのであった。

＊

「……死のう」

〈・ストップ、耕助ストップ。
・あれは不可抗力、どうしようもない。

・早まっちゃダメ」

「……下手したら二十は年下の女の子の胸をガン見した挙句に、ギンギンに股間おっ勃《た》てた変質者なんて……」

少女が落ち着いたところで、崖に向かってふらふら歩いていこうとする耕助を、立て札が必死になって押しとどめる。

今までの会話では一度も流したことがないＳＥ《サウンドエフェクト》、それもちょっと気が抜ける緩い感じのものを出してまで止めようとしているあたり、何気に立て札も結構必死なようだ。

というか、普通に音声会話をすればよいのに、なぜ立て札に文字を出したり脳内文字で会話したりといった、回りくどいことをするのか不思議である。

「……あの、ごめんなさい……」

助けてもらった相手に悲鳴を浴びせかけたと知り、翼人族の少女が申し訳なさそうに謝罪する。

なお、落ち着いてすぐに服はちゃんと整えている。

とはいえ、もともと胸元が大胆に露出した服なので、胸に視線が吸い寄せられそうになる格好なのはあまり変わっていないが。

〔・あれはどっちにも不可抗力。
・いまだに何が起こったか理解できてない。
・というか、お姉さん誰？
・翼人族なのは分かるけど〕

少しでも場の空気を良くするため、立て札が少女に質問をする。

「え？　立て札の文章が顔みたいな記号に変わって……というか文章そのものが直接脳内に入って……」

〔・ボクとの会話はこんな感じで進むから、

・そういうものだと思ってほしい。

・それよりも自己紹介〕

「あっ、私は世界樹の梢《こずえ》部族のシェリアと申します」

〔・ん、了解。

・耕助も自己紹介。

・自殺は禁止。

・むしろそれはシェリアの心を殺す〕

「……分かったよ。荒田《あらた》耕助だ。いろいろ不幸が重なって、身一つでこの島に飛ばされた。裸なのは単に服が手に入らないからなので、服を入手する目途《めど》がつくまではちょっと勘弁してほしい……」

「……そんな事情が……」

耕助の言葉に、申し訳なさそうに頭を下げるシェリア。

背中まである長い金髪がさらさら揺れる。

頭を下げたことで結果的に胸の谷間を強調するような姿勢になるのだが、そこには気がついていないようだ。

それについてどうしたものかと、谷間に吸い寄せられそうな視線を必死にそらして、どんよりした目で立て札を見る。

〔・服については、現状すぐにはどうにもならない。
・それは耕助だけじゃなく、シェリアのほうも同じ。
・そもそも、翼人族がこういう服装なのも
・背中に翼がある関係だからどうしようもない〕
「だろうな……」

立て札にうなずき、姿勢を戻したシェリアに視線を戻す耕助。

シェリアはきれいな金髪に青紫の瞳の、人間なら十代前半から半ばぐらいに見える、ちょっと幼い感じのする非常に整った顔立ちの少女だった。

目を一番引く背中の翼を別にすれば、その顔立ちに反するすらっと高身長でありながらグラビアアイドルでもめったに見ないような肉感的な体形という、派手なギャップが印象的だ。

日本の繁華街を歩いた場合、遠巻きにされるか変な男を大量に釣り上げるかの二択になりそうな少女である。

〔・とりあえず、終わってしまったことは置いておく。
・現状で考えなきゃいけないことは三つ。
・1．壊れてしまった東屋を再建するかどうか。
・2．人が増えた分の食料をどうするか。
・3．寝床どうする？〕
「……食料はやばいな、実際。俺一人でも綱渡りだったわけだし」

「……何かにぶつかったのは分かってたんですが、もしや建物を壊してしまったんですか!?」

「ああ、あれだ。昨日の夜に完成したばかりだった」

真っ先に二つ目の問題に悩み始めた耕助の反応とは異なり、自分が建物を壊したと知って大いに慌てるシェリア。

そのシェリアに対し、無残な姿になった東屋を指し示す耕助。

屋根が吹っ飛んだ東屋は、中途半端に足場に囲まれた柱が四本だけぽつんと立っているという、なんとも物悲しい状態になっていた。

「ご、ご、ごめんなさい!!」

「ありゃ不可抗力だろ。そもそも、本来この島の上空には何も入ってこれないようになってたらしいから、その時点で事故だろうし」

〈……ん。
・今、何が起こったかをきっちりチェックした。
・この島とボクがもともと管理してる世界を隔離してる結界に
・シェリアがこの島の上空に差しかかる直前から
・シェリアの進路上にちょうど人一人分ぐらいの通路が約二十秒発生してた。
・どうやら、シェリアはそこに突っ込んだみたい。
・墜落したのは、物理法則が一部違う影響で
・しばらく飛行能力が機能しなかったから〉
「通路ができた原因は分からないのか？」

〔・判明はしたけど、再発防止は無理。
・下手に手を出すと大惨事につながる要素がいくつか、
・悪い方向で偶然かみ合った結果。
・外部から干渉したとして、管理者に見つからずにやるのは無理。
・これはもう、災害の一種だと割り切るしかない。
・それに、影響範囲と発生するエネルギーが小さすぎて
・事後でないと発見自体が難しい〕
「いずれこの島も外部と接続するんだろ？　それまでの間、その手の事故が起こらないように調整とかはできないのか？」

〔・それをやると、悪影響が大きすぎる。
・それこそ、世界が崩壊しかねない。
・そもそも、起こる確率自体が天文学的な数字。
・ぶっちゃけ、耕助がこの島に飛ばされてくる確率とほぼ同じぐらい〕
「天文学的確率で起こるようなことがこんな短期間に連発するとか、呪われてるんじゃないか……？」

〔・実のところ、ボクの実の母のことを考えると
・起こってもおかしくはないという気はしなくもない。
・今までボクにはその体質が出てなかったから
・正直油断した〕

耕助の確認に対し、そんなことをさらりと明かす立て札。

その内容に、どんな母親なのか気になってしまう耕助。

「まあ、どうにもできないなら、対策は諦めるとして、だ。飛行能力が機能しないのって、本当に一時的なことなのか？」

〔・ん。もう、普通に飛べるはず〕

「らしいが、どうだ？」

「あ、ちょっと試してみます」

耕助に問われ、少し翼を動かすシェリア。

その直後に、シェリアの体がふわりと浮き上がる。

「一応浮けはします」

〔・島の環境パラメーター的にも、おかしなことにはなってない。
・普通に飛ぶ分には大丈夫だと思う〕
「普通に、ですか？」

〔・ん。
・アクロバット飛行までは保証しない〕
「試しておいたほうがいいんでしょうか……？」

「アクロバット飛行が必要になるかどうか、だろうな」

いろいろ不安になる立て札の反応に、どうしたものかと耕助の表情をうかがうシェリア。

シェリアに問われ、そんな当たり前のことしか言えない耕助。

そもそも耕助にとって、生身の人間が飛ぶなどという概念は創作物の中だけのものだ。実際にアクロバット飛行が必要になるかどうかなんて、空を飛ぶことが当たり前になっている種族にしか分からないことだ。

〔・ボクとしては、現象の確認のために
・可能であれば一通り飛行を試してみてほしい〕

「分かりました。じゃあ、ちょっと飛んでみます」

「だったら、俺はその間に、籠罠《かごわな》を見てくるわ」

立て札の要請に従い、飛行能力の確認のために高く飛び上がるシェリア。

それを見送った耕助が、空を見上げないようにしながら籠罠のチェックへ向かう。

シェリアの服装的に、下手に見上げるとまたしてもパンツを見てしまいかねないのだ。

まったく見たくないと言えば嘘《うそ》になるが、そんな欲求よりもこれまで培ってきた倫理観や先ほどほぼ全裸を見た罪悪感のほうが上回っているのである。

試験飛行をスルーして籠罠をチェックしに行くのも、そのあたりのトラブル回避が主な理由だったりする。

「さて、何がかかってるのやら」

そう言いながら、籠罠をチェックする耕助。

籠の中身は初回と同じで、タコにウツボにベニズワイガニであった。

「おっ、カニ」

朝から食べるには手間がかかるが、少なくともボリューム的には悪くない。

戦利品を回収し再び罠を仕掛け、釣《つ》り竿《ざお》を持って砂浜に移動する。

「一応、二人分釣ったほうがいいんだろうなあ」

空から落ちてきた少女のことを気にしつつ、ルアーのついた釣り竿を大きく振る耕助。

沖合のほうにぽちゃんという音とともに針が沈み、わずか数秒で何かが食いつく。

「おっ、何かかかったな」

そんなに強い引きではないが、しっかり何かが食いついた手ごたえ。

それに反応して、リールを巻き上げる耕助。

釣れたのは、小ぶりのキスであった。

「おっ、釣れた。素人の俺でも大丈夫そうだな」

食いでがなさそうなサイズではあるが、無事に釣れたことに気をよくする耕助。

キスを外して桶《おけ》に入れ、さあ次の一投と竿を振り上げたタイミングで、

「きゃあああ!!」

後ろからシェリアの悲鳴が聞こえてくる。

「な、なんだ!?」

驚いて振り返った耕助に、きりもみしながら空から落ちてきたシェリアの体が襲いかかる。

いきなりなうえにすさまじいスピードで、耕助の反射神経と身体能力では防御も回避も間に合わない。

シェリアのボディプレスを食らった耕助は、思いっきり胸の深い谷間に顔面をうずめたまま海に

叩《たた》き落とされることに。

「がぼがぼがぼ……」

「ごぼごぼごぼ……」

胸と海水のダブルパンチで本気の酸欠に陥りかける耕助と、いきなり海に落ちたことでパニックになるシェリア。

そのまま二人して溺れそうになるものの、足がつく深さだったため、顔を圧迫するシェリアの体を必死になって押しのけて強引に立ち上がる耕助。

「ひゃん!?」

「えっ？」

耕助と一緒に体勢を立て直したシェリアが、妙に色っぽい声を上げる。

無意識にシェリアの体をつかんでいたことに気がつき、恐る恐る柔らかい感触を伝えてくる手のひらを確認する耕助。

「……よし、死のう」

思いっきりシェリアの胸を揉《も》みしだいていた耕助が、いっそさわやかともいえる表情でそう宣言する。

「わー、わー、わー!!　ダメですダメです！　落ち着いて考え直して死んじゃダメー!!」

そのままどんどん深いところへ歩いていこうとする耕助を、必死になって後ろからしがみついて引き留めるシェリア。

なお、シェリアは、というより翼人族の女性は服装の都合上、基本的にノーブラである。

なので、後ろからしがみつくということは、巨乳をダイレクトに押しつけているのと変わらない。

おかげで、引き留めようとするシェリアの行動は、逆に耕助を追い詰めることに。


〔・これはおいしい。
・エロトラブルは自分が巻き込まれると余裕ないけど
・他人事《ひとごと》だとこんなに見てて面白いとは……〕

その様子を立て札がニマニマと笑いながら見守っていることについて、二人は最後まで知る由もなかったのであった。

第8話　カップ焼きそばを食べてみよう

〔・耕助《こうすけ》が落ち着いたところで
・まずはしっかり朝ご飯〕

耕助がエロトラブルの犠牲になってから十数分後。ようやく状況が落ち着いたところで、立て札がそう促す。

「それはいいんだけど、二人分も食材ないぞ？」

そんな立て札の指摘にそう返す耕助。

実は先ほど海に落ちた拍子に桶《おけ》をなぎ倒しており、釣ったキスは海にリリースされている。

つまり戦利品はタコとウツボとベニズワイガニのみとなる。

そのうちタコとウツボは調理できないので実質ベニズワイガニだけ、それも今回は小さいものなので二人分にはやや物足りない感じである。

〔・ガチャを用意したから、大丈夫〕

「それで何がどう大丈夫なのか、俺には分からない……」

なぜかガチャに話を持っていく立て札に対し、即座にそう突っ込む耕助。

ラインナップ次第とはいえ、ガチャで本当に食材の問題が解決するかは疑問だ。

特に耕助の場合、今のところまともな引きは初日の完全栄養食バーとデイリーミッションの報酬の塩コショウくらいで、大爆死していると言っても過言ではない状態だ。

この戦績でガチャを用意したから大丈夫と言われても、そう思えないのは当然であろう。

「あの、ガチャとは一体何でしょうか？」

「ああ、そっちにはなさそうだからな、こんな悪い文化」

〔・簡単に言うと、くじ引きとか福引。
・何が出るかは引いてみてのお楽しみ。
・今回は食料品カテゴリーからランダムで一つ〕
「地球のは基本的には金払ってくじを引くんだが、中身がほぼ全部公開されてるやつはともかく、目玉賞品以外は非公開のやつがえげつなくてなあ……」

〔・千円のやつとかソシャゲとかのは
・まさしく悪い文化。

・ただし、見てる分には面白い〕
「チキュウ？　センエン？　ソシャゲ？」

「地球は俺の故郷で千円は俺の国の通貨、ソシャゲってのは詳しい説明はややこしいから省くが、金を払って引く福引でいろいろやる娯楽があるんだよ」

「はあ……」

ガチャというものを知らないシェリアに対して、そんな風に答える耕助と立て札。

福引やくじ引きというものはシェリアたち翼人族もやってはいるが、それを悪い文化とする理由がよく分からないらしく、せっかくだからとガチャ関連についての説明を一通りしておくことにする。

「――という感じだ。実際にやってみるのが早いんだが、今回の場合はガチャのえげつなさを見せるには向かなさそうだよなあ……」

〔・外れでも、ポテチ一袋。
・ついでに言えば、同じネタは面白くないから
・食品や消耗品系で一度出たものは
・以降ガチャ五回は同じものは出ないようになってる〕
「つまり、ポテチ一袋と完全栄養食バーはしばらく出ない、と」

〔・ん。
・ただし、数が違うと別物扱い。
・逆にフレーバー違いは同じもの扱い

・今回はジャンルが主食だから
・そこまでひどい外れは出ないはず」
「……なんで主食のジャンルにポテチが入ってるんだよ……」

〔・ポテチはジャガイモだから主食。
・異論は認めない〕
「ちょっと待て、その理屈はおかしい」

立て札からのなかなかの暴論に対し、思いっきりそう突っ込む耕助。

だが残念ながら、世の中にはポテチを主食と言い切ったり、ビールは麦とホップからできているからサラダだと言い張ったりする人間が普通に存在する。

そういう人種が存在する限り、立て札の暴論を全否定するのは難しそうだ。

「ポテチ、ですか？」

「ジャガイモを薄くスライスして油で揚げて、塩を振って味付けした料理だ。基本的にはお菓子とかおつまみの認識だな」

「揚げ芋なら、主食になるのでは？」

「そういう文化文明の地域があることは知ってるし、それは否定しない。ただ、個人的にはポテチといわゆる揚げ芋は別の食べ物だと思っている」

恐らく現物を知らないであろうシェリアに対し、やたらきりっとした表情でそう言い切る耕助。

股間に葉っぱ一枚の裸族男がシリアス顔を決めて言うようなことではない。

「てか、立て札よ。その理屈だと、アメリカではジャガイモ料理はフライドポテトですらサラダ扱いだから、それこそサラダとか野菜料理のカテゴリーでもポテチが出てくることにならないか？」
〔・もちろん出てくる〕
「出てくるのかよ……」
〔・実際にそう扱われている時点で
・ガチャのカテゴリーも適用される〕
「……つまり、ポテチを主食だと主張して食べてるやつがいる時点で主食カテゴリー、アメリカでサラダ扱いされている時点でサラダカテゴリーに入ってくるってことか……」

〔・ん、そうなる。
・野菜料理に関しては元からジャガイモは野菜扱い。
・だから野菜料理でポテチが出てくるのは何の不思議もない〕
「カテゴリー広いな、ポテチ！」

〔・というか、ジャガイモのカテゴリーが広い〕

恐ろしくいろんなところに顔を出すポテチに対し、思わずそう突っ込む耕助。

実質、出てこないのが肉と魚介のカテゴリーぐらいしかないので、耕助が突っ込みたくなるのも無理はないだろう。

〔・まあ、とりあえず回してみる。
・せっかくだから、ここはシェリアから。
・今日の食料品ガチャは複数回チャンスがあるから
・深く考えずに回す〕

「えっと、回すってどうすればいいんですか？」

〔・今回は、ガチャを回すと宣言〕

「分かりました。ガチャを回します！」

シェリアの宣言に合わせ、初回仕様のガチャ演出を表示してレバーを回す立て札。

レア以下だったようで、特にこれといったレアリティ演出なしでカプセルが出てくる。

〔・これで、抽選は終わり。
・今回は説明のためにここで止めてるけど
・基本的には抽選が終わったら自動で開封される〕
「開封ですか？」

〔・諸般の事情で立て札ガチャはイラストだけでやってるけど
・本当はこういうカプセルが出てくる。
・カプセルの中身がいわゆるくじの結果〕
「なるほど」

〔・というわけで、オープン〕

そう言って、カプセルを開く立て札。

中から出てきたのは菓子パン業界のモンスター商品の一つ、ミニス〇ックゴールドであった。

「……また、いろんな意味で危険なやつが出てきたな……」

〔・味の面では大当たり。
・でも、カロリーの面では危険物もいいところ〕

「あと、この環境下でそんな美味《うま》い食い物を当ててしまって大丈夫なのか、ってのもあるぞ」

〔・ん。
・しかもこれ、何気に中毒性がえぐい〕
「何がいやらしいって、三つセットなんだよな。っていうか、俺の記憶にあるよりでかいような……」

〔・それはミニス〇ックゴールドｍｉｎｉ。
・これはｍｉｎｉじゃないほうで一つしか入ってないけどサイズは大きい。
・というか、どっちにせよカロリーおばけなのは変わらない〕
「あれ？　ｍｉｎｉじゃない標準サイズの三つ入りがあったような気がするんだが……」

耕助の記憶はさておき、この菓子パンの恐ろしいところは、そのインパクトのある見た目と悪魔的な美味《おい》しさ、そしてカロリーおばけっぷりだろう。

一個で五百キロ台のカロリーは主食の域であり、気軽に日々のおやつとして食べるにはいろんな意味で勇気が必要である。

まあ、そういうものに限って無性に食べたくなるのが人の性なのだが。

「これって、本当に食べ物なんですか？」

「ああ。外装は食えないが、中身は普通のパンだ。食べすぎになりやすいって面ではすごい危険物だが」

「これって、そんなに危険なものなんですか？」

「ああ。何が危険って、宗教とか文化の面で食っちゃダメなものはともかく、麻薬とかそっち方面でダメなものは入ってない、完全に合法な代物だっていうことだな」

〔・ん。
・主要材料は、違法なものなんて使われてない。
・けど、ただただひたすら美味しくて高カロリー。
・だから、自制心とか注意が必要〕
「……はあ」

「なんにしても、そのパンに関しては食ってみれば分かるとしか言いようがない」

「そうですか」

説明しようにもパンに関してさほど詳しいわけでもないため、諦めてサクッと話を切り上げる耕助。

本職か趣味でパンを焼いている人間でもなければ、この種のデニッシュ系のパンにどれほどの量の砂糖と油脂が使われているかなんて分かるはずもない。

〔・というわけで、次は耕助の番〕

「どうせ、ろくなものが出ないんだろうな……。っと、今さらなんだけど」

〔・ん？　なに？〕

「こっちの世界って、主要言語は日本語なのか？」

〔・ああ、シェリアと言葉が通じてる理由？
・シンプルに、自動翻訳で通じるようにしてるだけ。
・ボクの言葉も、シェリアには自分の種族の文字に見えてる〕

「ああ、よくあるやつか」

〔・そう、よくあるやつ。
・分かったら、さっさと回す〕
「はいはい。ガチャを回してくれ」

立て札にせかされ、自分の分のガチャを回す耕助。

シェリアの時と違い、今回は演出をすべて省略して、カプセルを開けるところまで一気に終わらせる立て札。

出てきたのは、一時期なぜか一部のメーカーで流行していた、スイーツ系カップ焼きそば三種セットであった。

具体的にはショートケーキ味が一つ、チョコレート味がメーカー違いで二つの合計三つである。

「……鮒《ふな》ずし味のポテチに続いてか……」

〔・さんざんポテチをこすり倒してたから
・今度もポテチの微妙なやつかと思った〕
「そっちのほうがましじゃないか、これ……」

〔・かもしれない。
・あっ、でも、シェリアなら美味しく食べられるかも〕
「というと？」

〔・ヒントはこの世界
・本来砂糖は超貴重品〕

「……ああ、甘けりゃなんでも美味いってことか……」

立て札の言葉に、なるほどと納得する耕助。

砂糖に関しては、それこそ日本でも庶民の口に入るようになったのは江戸時代に入ってからで、庶民が塩と同じぐらいの感覚で使えるようになったのは戦後のことと、意外と最近のことだ。

そう考えると、よくあるファンタジーな世界であるらしいこの世界において、砂糖が超貴重品であることも不思議ではない。

「ってことは、ミニス〇ックゴールドの前に、このチョコ味のほうを手伝ってもらったほうがよさそうだよな」

〔・ん。それが危険物なのは否定しない。
・主に、味覚の不協和音的な意味で。
・先に美味しいものを食べてからだと
・ある種の拷問〕
「ショートケーキのほうは焼きそばだと思わなければまあ、ってレベルだったし、チョコも片方は好き嫌いの範囲だとは思うんだけど、こいつだけはなあ……」

「……それが何かはよく分かりませんけど、なんとなく、不穏な物について不穏な話をしてるのは分かりました」

耕助と立て札のやり取りを聞いて、率直な感想を口にするシェリア。

さすがに、この内容と雰囲気で、褒められる話をしていると思えるほどシェリアもおめでたい頭はしていない。

「まあ、個人的にまずいと思ってるものを押しつけようって話だからなぁ……」

〔・それ、正直に言うんだ〕

「ごまかしたって無駄だろ？」

馬鹿正直に説明した耕助に対し、あきれたように突っ込む立て札。

その立て札の突っ込みに対し、思うところをこれまた正直に言う耕助。

〔・それはそれとして
・味について妙に詳しかったけど
・食べたことあるの？〕
「前に職場でな。さすがに丸々一個食わされたわけじゃなくて、適当に取り分けてそれをノルマって感じで。字面やパッケージの印象が一番アレだったショートケーキが一番マシだったのに驚いたもんだ。逆に、そっちはなんで知ってるんだ？」

〔・母の一人が、インスタント食品マニア。
・食に対してもかなりのチャレンジャーで
・普通に巻き込まれて食べさせられた〕
「ほほう？　だから、味覚の不協和音なんて感想が出てきたわけか」

〔・ん。
・でも、美味しいと感じる人がいる可能性は否定できない。
・そんな印象だった〕
「それについては、俺も同感だな。一緒に食った先輩の一人は、これが三つの中で一番美味くて唯

「まともに食えるって言ってたし。世の中、何を美味いと感じるかは個人差が大きいからなあ」

そう言いながら、お湯を沸かしはじめる耕助。

それを見たシェリアが、不思議そうに首をかしげる。

「なんでお湯を沸かしてるんですか？」

「こいつは、お湯を入れて三分待つ必要があるんだよ」

「はあ……」

「まあ、全部食えとは言わないから、半分だけでも手伝ってほしい……」

「分かりました」

「もちろん、食ってみて気に入ったなら、全部食ってくれてもかまわない」

シェリアの疑問に答えながら、個人的に一番まずいと思った銘柄のパッケージを開封する耕助。

そこに、立て札が口をはさむ。

〔・あちらこちらからの要請で
・一般的なのを一個ずつ支給することになった。
・そっちに送るから、食べるといい〕
「ありがたいけど、なんでだ？」

〔・普通のカップ焼きそばはどんなものか知らないと
・いろいろ誤解されそうだっていう意見が多数。
・あと、標準を知ってから食べたほうが
・反応が面白いんじゃないかって〕

「ああ、なるほど」

立て札の意見に耕助が納得したのと同時に、足元に円盤型のカップ焼きそばが落ちてくる。

「こいつなんだ」

〔・それが代表格だと思う〕

「ああ、そうかも。俺の分もあるのはありがたい」

〔・それは、うちの母から。

・あまりにも不憫《ふびん》すぎるから

・一つくらいはいいんじゃないかって。

・本来はもっと渡したいって言ってたけど

・それで意欲をそぐとかえってマイナスだからやめてもらった〕

立て札の母とは思えない優しい言葉に、思わず涙ぐみそうになる耕助。

立て札のやり方に文句を言うつもりはないし、相手の立場を考えると十分配慮されているのは分かる。

が、それはそれとして、優しい存在にちゃんと見守ってもらっていると確信できるのは嬉しいものなのだ。

せっかくだからと伝言板を確認すると

・さすがに不憫になってきたので、たまにはボーナスを

・やっぱりちゃんとした焼きそばを食べてもらわないと

・さて、砂糖が超貴重品な世界で、普通のカップ焼きそばはどんな反応を引き出すのか
・これをきっかけに、投げ銭的な機能が欲しい
・苦労してるのを見るのが面白いとはいえ、前世のことを考えるともうちょっと甘やかしてもいいはず
・不幸一辺倒は、それはそれで見てて面白くないぞ～
・いやいや、この絶妙な不幸さ加減がいいんじゃないか
・むしろ、上げて落とすためにまともなのを食わさねば（使命感）
などなど、予想以上に不幸を喜ぶ意見が少なく、もう少し報われるべしという意見が多かった。

「……で、スポンサーの意向を汲《く》むなら、まずはこっちの円盤のほうを食ってからか」

〔・ん。
・丸一個半は多いかもだから、最初はそれを半分ずつで〕
「だな」

そう言いながら、円盤型カップ焼きそばにお湯を注ぐ耕助。

よく状況が分かっていないシェリアは、耕助の作業を首をかしげながら見守る。

そんなシェリアを横目に、箸《はし》とフォークをクラフト台で作る耕助。

クラフト台で作業している間に、大体三分経過する。

「で、こうやって中のお湯だけを捨てて……」

「あっ、お湯はいらないんですか」

「ここにあるやつは、使わない」

湯切りしながら、説明になってるようななっていないような説明をする耕助。

きっちり湯切りを終えたところで、蓋《ふた》をはがして添付のソースを手早くまんべんなくからめる。

いい具合にソースが全体にいきわたったところでふりかけを振り、大体等分になるように二つの皿に取り分ける。

「なんでしょうか、この匂い……。初めて嗅ぐ匂いなのにすごくお腹が減ってきます……」

「これが、いわゆる普通のカップ焼きそばっていうやつだ。食ってみてくれ」

「はっ、はい……」

「箸は使えるか？」

「この棒のことですか？　どう使うのか分からないですね」

「じゃあ、フォークで」

箸を使えないことを確認した耕助が、箸と一緒に作ったフォークをシェリアに差し出す。

そのフォークを受け取り、パスタを食べる要領で焼きそばを巻き取って口に運ぶシェリア。

「……これ、すごい！」

「口に合ってよかった」

「こんな複雑な味の料理、初めて食べました！」

「そっか。翼人族の料理に、こういう麺類はあるの？」

「他の種族はともかく、翼人族にはありませんねえ。そもそも、汁物とソーセージを茹《ゆ》でるとき以外で、こんなにたくさんのお湯を使いません」

「なるほど」

「似たような料理はたまに行商の人が持ってくるんですけど、これみたいに匂いの段階からこんなに食欲をそそって、食べると印象以上に美味しい料理じゃなかったです！」

とても嬉しそうな表情を浮かべながらカップ焼きそばを食べ進めるシェリア。

その反応に満足げにうなずくと、先ほどパッケージを開けたチョコレート味の焼きそばにお湯を注いだ後、自分の分の焼きそばに手をつける耕助。

この生活になってからまだ四日目ながら、すでに懐かしい感じがするその味に思わず涙ぐみそうになる。

カップ焼きそば自体は、最後に食べたのは一カ月ほど前のこと。

いずれにしても懐かしがるにはまだ早いのだが、下手をすると今後一生食べることはなかったかもしれない。

そう考えると、耕助が懐かしがるのも無理はない。

「……もう、無くなってしまいました……」

「まあ、半分だからなあ。というわけで次、一番問題児のやつ」

そろそろいい具合に戻っているはずのチョコ味を湯切りし、同じようにソースとふりかけを手早く混ぜて取り分ける。

「味の系統がまったく違うから、気をつけて」

「はい！」

一応注意を促しながら、チョコレート焼きそばをシェリアに渡す。

注意を受けたシェリアは、恐る恐る渡されたチョコレート焼きそばに口をつける。

「……！　甘い！」

「最初の味が普通になってるもんだから、この味がどうしてもなあ。しかもこの商品は、もう一つのと違って麵自体は完全に普通のやつなんだよ……」

「そうなんですか？　私は美味しいと思いますけど……」

「麵の油とチョコの相性がいまいちなあ……」

そう言いながら、根性で割り当て分を食べきる耕助。

その隣で、実に美味しそうに食べきるシェリア。

「やっぱり、甘いのは美味いか？」

「はい！　甘いのは、それだけで美味しいです！」

「なるほど。じゃあ、その感想を持ったうえで、まだ食えそうならそのパンを食ってみな」

「えっ？」

唐突に妙なことを言い出した耕助に対し、思わず怪訝《けげん》な顔を向けてしまうシェリア。

翼人族は生態的にエネルギー消費が激しいため、他の人型種族よりは圧倒的によく食べる。

が、なんというか、雰囲気的にものすごい罠《わな》が待っているような気がしてならない。

「入らないなら、後でいいぞ。食料は貴重だから、無理して食べることはない」

「・ん。単に甘くて美味しいにもいろいろあるというか
・耕助の国の甘くて美味しいの基準の一つがそっちのパンっていうか」
「へえ……」

立て札の言葉に、興味津々という感じでミニス〇ックゴールドを見るシェリア。

好奇心と欲望に負け、一個全部食べずに少しだけにすればいいと結論を出してしまう。

「ちょっとだけ食べてみます。全部食べずに、残りはお昼に回します」

「まあ、食えるなら食ってくれ」

シェリアの言葉に、結局食うのかという表情を隠しもせずにそう答える耕助。

耕助の言葉にうなずき、直感で袋を破って中身を少し引っ張り出し、小さくかじるシェリア。

口の中に広がった、甘さを主成分とした複雑な、それでいてとても調和がとれた美味さに、まるで頭をガツンと殴られたかのような衝撃を受ける。

これと比べれば、さっきのチョコレート焼きそばがまずいというのは、少なくともシェリアの味覚においては否定の余地がない。

「……なんですか、これ。伝説の美食か何かですか……!?」

「いんや。価値的にはカップ焼きそば系とさほど変わらない、大量生産されてて庶民が普通に大体いつでも買える代物。まあ、今だとガチャで出るのを待たなきゃいけないから、確率的に伝説の美食って言っても間違いじゃないかもだが」

「……もぐもぐ、耕助さんの国って、すごいんですね……」

「庶民が食える値段の食いもんに関しては、多分世界で一番レベルが高いと思うぞ」

「……もぐもぐ、一度行ってみたいですね、もぐもぐ……」

「シェリアが行ったら、絶対大騒ぎになるぞ」

「もぐもぐ、……そうなんですか？」

「あっちの世界の人類は、俺みたいなタイプの角も翼も尻尾も生えてなくて耳も丸い種族しかいないから」

「もぐもぐ、……へえ……」

「つうか、一個食い終わりそうだが、大丈夫か？」

「えっ？　……ああ!!」

耕助に指摘され、手元を見て愕然《がくぜん》とするシェリア。

無意識のうちに、ミニス〇ックゴールドをほぼ食べ終わっていた。

「……伝説の美食、恐るべし！」

「いや、シェリアが食いしん坊なだけじゃないのか？」

「食いしん坊は否定しませんけど、これ絶対おかしいです！　指摘されるまで、無意識にずっと食べてましたよ！」

「だから、危険物だって言っただろ？」

「危険すぎます！　……まあ、チョコ味と言っていたほうの焼きそばがまずいって言った理由は理解しました。私はそんなにまずいと思いませんけど、これが基準なら美味しくないのは分かります」

「もう一個のはもうちょい開発に手間かかってるから、さっきのよりはマシだった記憶があるけどな」

ミニス〇ックゴールドという危険物に完全にやられ、耕助と立て札のやり取りを完全に理解するシェリア。

なお、後に食べたもう一つの銘柄のチョコレート焼きそばとショートケーキ味の焼きそばについては、

「これはこれで、そういうものだと思っていればそれなりに美味しいですね」

「まあな。ただ、カップ焼きそばでやる意味はないんじゃないかとは思ったが」

「いろいろ知れば知るほど、最初のチョコの銘柄が残念に思います」

「まあなあ。あのメーカーは、チャレンジ精神旺盛なのはいいんだが、もうちょい違うほうに手間をかけられなかったのかっていうやつもよく作ってるから……」

〔・むしろ、そこで日和《ひよ》るようでは
・あのメーカーは終わり。
・あそこの焼きそばとガ○ガ○君は
・変なの作ってなんぼ〕
という感じで、それなりに無事に消費されるのであった。

第9話　そろそろ島の地形を把握しよう

〔・お腹を満たしたところで
・そろそろ作業の時間。

・それで、どうする？」

「そうだな……。まず、畑仕事は絶対やらにゃならんとして、だ。東屋《あずまや》がなあ……」

朝食が終わったところで立て札から本日の作業について話題を振られ、東屋のほうを見ながらそう答える耕助《こうすけ》。

［・なかなか無残な壊れ方］

「なんだよなあ。正直、修理する必要あるのか、って気がしてるんだよ」

［・と、いうと？］

「今後、どの程度使うのかっていうのがな」

［・ああ、確かに。
・休憩場所なんて別に屋根いらない］

「そうなんだよな。あの東屋、簡易的な仕様だから、床は地面そのままだったし」

耕助の指摘に、素直に同意する立て札。

今回作った東屋は地面に柱がしっかり固定されていることと屋根がしっかりした作りになっていること以外、運動会などでよく使われる天幕と大差ない仕様である。

あれば使うかもしれないが、壊れたものをいちいち修理してまで必要かというと、なくても特に困らないだろう。

四本の柱と梁《はり》の一部は無事なので、一から建て直すよりは修理するほうが楽なのは間違いないが、それなり以上の労力と結構な量の追加の資材を必要とする。

無事な柱がもったいないと考えるか、それとも追加で資材を集めてきてまで建て直すほどの価値はないと考えるか、見極めが絶妙なラインなのだ。

「あの、建物の件は、本当にごめんなさい……」

「もうそれについては気にするな。なんかこう、俺の運だと、今回のことがなくても別の要因で壊れてたんじゃないかって気がしないでもないからな」

東屋の話題になるたびに、申し訳なさそうに小さくなるシェリア。

そんなシェリアから目をそらしながら、そう慰める耕助。

シェリアの体形と服装で体を縮こまらせるようなポーズを取られると、そうでなくても目立つ胸の谷間がより強調されて、大変目に毒である。

〔・ふむふむ。
・その視線の動き
・耕助はおっぱい星人、と〕
「……悪いか？」

〔・別に。
・犯罪を犯さない限りは
・どんな性癖持っててもどうでもいい。
・ただ、いじりネタにはする〕
「……好きにしてくれ」

耕助の様子を見て、ここぞとばかりにいじりに走る立て札。

どうせいじられると分かっていたからか、耕助のほうもあっさり受け流す。

「で、話を戻すけど、東屋の修理は余裕がありそうならってことにして、今日はいい加減そろそろ、島の外周を探索してみようかと思う」

〔・お～。
・ようやく、半引きこもりみたいな生活から脱却？〕
「そうなるか。できたらアイテムバッグを作ってからにしたかったが、それを言ってるとずっと先送りにしそうだから、腹くくって今日の畑仕事の後に行ってくる」

〔・ついでに、川とか浜辺で釣りをしておくといい。
・今日のデイリー、まだ終わってないし〕
「そういやそうだったな。デイリーといえば、カニつかまえてたの、どうするか」

〔・晩ご飯でいいんじゃない？〕

「そうするか」

珍しく、というより初めて目先の課題以外のことで積極的に動こうとする耕助。

そんな耕助を素直に応援しながら、軽くアドバイスを送る立て札。

「ちょっと状況が分かってないんですけど、結局のところどういう状況なんでしょう？」

〔・詳しい説明は省くけど
・この島は現在、シェリアがいた世界と完全に隔離されてる。
・なので、衣食住すべてを、この島にあるもので賄わなきゃいけない。
・つまり、耕助とシェリアは運命共同体〕
「えっと、世界と隔離って？」

〔・この島はもともと、シェリアがいた世界とは違う世界にあったもの。
・いろいろあってシェリアたちの世界の一部になったから
・問題が起こらないよう隔離して調整してるところ。
・ピンとこないなら、とても大きなフィールドタイプのダンジョンだとでも思ってて〕
「分かりました！　それで、私はどうしましょう？」

〔・耕助の護衛でもすればいいと思う。
・今はリポップ制で食物連鎖とかは機能してないけど
・一応森には危険生物もいるし。
・見てのとおり、耕助は現在、戦闘能力皆無〕
「分かりました、がんばります！」

立て札に言われ、やたら気合いを入れるシェリア。

やはり、いろいろ引きずっているらしい。

「そういや、隔離とかダンジョンとか言ってるけど、結局島からは出られないのか？」

〔・いろんな意味で危険すぎて
・下手に外部と接続できない〕
「さっき海に落ちたのも、出られるかどうか試した結果、完全に制御を失ってああなったんですよ」

「なるほどなあ。ってことは、シェリアが郷《さと》に帰れるのは、いつになるか分からないか」

「ですねえ。まあ、どうせ婿《むこ》を見つけないと帰れないので、三十年ぐらいは気にしませんけど」

「……三十年って……」

やたらのんきなことを言い出したシェリアに、思わず唖然《あぜん》としてしまう耕助。

そんな耕助の疑問を察したようで、立て札が補足説明をしてくる。

〔・翼人族は平均寿命三百歳、最高寿命五百歳。
・エルフほどじゃないけど、かなり長命な種族。
・ヒューマンと同じ育ち方をするのは、女性なら初潮が来る十二歳ごろまで。
・そこからは成長も老化も非常にゆっくりになる。
・なお、三百歳は日本人換算で五十代。
・だから多分、シェリアも実際は耕助とそんなに変わらない年のはず〕
「えっと、実は十六歳だったりします」
〔・……童顔だと思ったら、本当に子供だった……〕
「……やっぱり俺、死んだほうが……」
〔・その話を蒸し返すの禁止〕
実年齢で高校生、肉体年齢だと場合によっては小学生相当かもしれない相手にセクハラまがいのことをした挙句に股間をおっ勃《た》てたと知り、またしても死んだほうがと言い出す耕助。
その耕助の言葉をばっさり切り捨てて、話を終わらせる立て札。
〔・でも、配偶者探しの旅に出るには
・いくらなんでも早すぎない？〕
「それがですね。郷の男の子の最後の一人が、姉と五人の従姉《いとこ》に囲われてしまいまして。さすがに一人でこれ以上は勘弁してくれと言われたので、私を含む年少組はあぶれるのが確実となってしまったんですよ」

〔・ああ。それで早く婿を探してこいと〕

「ええ。もともと長命種の宿命として子供ができにくいうえに、翼人族は五十人に一人ぐらいしか男の子が生まれないので、次の男の子ができるのを待つ余裕はない、と言い切られました」

「そりゃまた、極端だなあ……」

「まあ、別に彼についてては好きも嫌いも特にないので、あぶれたのはいいんです。ただ、さすがに百を過ぎても相手がいないままになりそうなのはちょっと、ということになりまして」

「それ、種族的に男が生まれにくいんだったら、どこの郷に行っても同じじゃないか？」

〔・耕助、耕助。

・翼人族は、ヒューマンタイプの種族となら子供ができる。

・翼人族の場合、基本的に相手の種族に関係なく翼人族が生まれる。

・過去には絶滅の危機に瀕《ひん》した集落が

・繁殖力旺盛なオークやゴブリンを襲って人数を増やした事例もある〕

「……うわあ……」

翼人族のかなりアレな話に、思わずドン引きする耕助。

最近のエロ同人では、ゴブリンやオークが逆にエルフに性的な意味で襲われるネタも多いことはバナー広告で知っていたが、それを本当に実行している種族が実在するとは思わなかったのだ。

なお、基本的に閲覧履歴で内容が決まるバナー広告でエロ同人が表示されているのは、シンプルに無課金で触っていたソシャゲのプラットフォームの影響である。

「……それ、本当にあったんですね……」

「シェリアもその話を知ってたのか……」

「聞いたことはあったんですが、伝説か誇張の類《たぐい》だと思っていました」

「ああ、そりゃそうだよな……」

シェリアの言葉に、心底納得する耕助。

普通に考えていくら子供が少なくて絶滅の危機だといっても、そんな女性の敵みたいな種族を襲うような真似をするとは思わないだろう。

「てか、それ病気とか大丈夫だったんだな……」

〔・翼人族は見た目に反して非常に頑丈だから
・めったなことではケガとか病気にならない。
・具体的には、対戦車ライフルぐらいの威力がないとケガしないし
・翼人族特有の病気以外は二百五十を過ぎるまでかからない。
・飛ぶために魔力を大量に使うから、魔法防御も激高《げきたか》〕
「えげつなく強いな、おい……」

〔・高いところから落ちるのがデフォの種族だから
・必然的にどんどん頑丈に……〕
「理由に納得しちまったのがなんか妙に悲しい……」

立て札の説明に、先ほどと同じぐらいドン引きしながら納得してしまう耕助。

先ほど東屋の屋根を吹っ飛ばして地面に突き刺さったときも、シェリアの体には怪我《けが》らしい怪我はなかった。

落ちるから落ちても大丈夫なように進化するというのは、実に合理的な話である。

「シェリアの事情については理解した。島の状態は俺の活動の影響を受けるんだよな？」

〔・ん〕

「で、もう一度確認だが、今は外部とは接続されてないんだよな？」

〔・完全に隔離してる。
・シェリアがここに来たのは、ものすごいイレギュラー〕
「外部との接続も、俺の活動次第なのか？」

〔・全面的に、ではないけど
・耕助ががんばれば、早くなる可能性はある。
・ちなみに、耕助と違ってシェリアは外にさえ出られれば
・そのまま郷に帰ることは可能〕
「ということは、シェリアを郷に帰らせるにしても婿探しに復帰させるにしても、早いとこ外部接続できるようにがんばらにゃならんか」
〔・別に、急いで外部とつながるようにする必要もない〕
「いや、こんな汚い貧相な葉っぱ一枚のおっさんと二人きりとか、いろんな意味でダメだろう」
〔・……〕
自虐的なことを大真面目に言う耕助に対し、思わずどうしたものかと考え込んでしまう立て札。

シェリアも、何を言ってるんだこの男は、という表情で固まっている。

葉っぱ一枚はともかく、汚いというのはシェリアの世界の標準ではそんなこともないし、貧相というのも一部軍人とか貴族、体格が要求される肉体労働系を除けば、今の耕助とそれほど大きな差はない。

実のところ、頑丈さや身体能力こそすさまじいが、翼人族の男も体格や筋肉の付き方などの見た目は耕助と変わらなかったりする。

「えっと、耕助さんの国では、耕助さんぐらいが汚くて貧相という扱いなんでしょうか？」

〔・……微妙なところ。
・ひょろいとは言われると思うけど
・ガリというほどでもない。
・だから、体形的に貧相かと言われると微妙なライン。
・土にまみれてるのにお風呂入ってないから
・そういう意味では汚いと言われるかもしれない〕
「そういう基準なんですか!?」

〔・まあ、耕助的には、清潔感とかそういう部分だと思うけど
・それに関しては、世界の壁を越えてこの島に来た時点で
・耕助でなくてもみな同じ。
・だって、基本的に突発的な世界移動に耐えられる服なんて人間には作れない。
・だから、ここに来る地球人は男女とか年齢とか立場とか関係なく

・全員来た時点で葉っぱオンリー。
・清潔感もくそもない」
「へ～……」

耕助が気にしている部分について解説されるものの、いまいち理解できない様子のシェリア。

このあたりは文化の違いなので、今の時点ではどうしようもない。

もっと交流が深くなって相互理解が進まないと、お互いに相手の持つ感覚など分からないだろう。

「・あと、耕助は気がついてないけど
・島に来てから代謝のシステムが変わってるから
・ひげなんかは無精ひげのレベルでも
・生えるのに年単位の時間がかかる」
「言われてみれば、確かに全然ひげ生えてないな……」

「・だから、ほぼ全裸であること以外は
・あんまり小汚い姿にはならない」
立て札に指摘され、ようやくそのことを認識する耕助。

しかし、今問題にしているのはそこではない。

「というか、立て札もシェリアも、おっさんの裸見て平気なのはどうなんだ？　母親らしきコメントが娘って言ってるんだから、一応立て札は性別的には女性なんだろ？」

「・一応性別は女性で固定だけど
・ベッドインのシチュエーションでもなければ

・男の裸なんてどうでもいい。
・そもそも、神々なんて
・全裸だったり名状しがたい姿だったりが珍しくない」
「私たちの種族の場合、背中の翼の関係で、男性は割と普通に腰布一枚でうろうろするんですよ。

それと大差ないので、別にどうとも……」

「・それ聞くと、むしろ女性が胸を隠してるのが不思議。
・さっきも、裸見られて胸隠しながら悲鳴上げたし」
「他の種族との交流もありますからねえ。男性については上半身裸でも特に何も言われませんが、女性は過去にいろいろあったようで、その積み重ねで知らない男性に裸見られて悲鳴上げる程度の羞恥心は備わった感じです」

「というか、立て札よ。ゴブリン襲撃事件を知ってるのに、なんでその辺の文化的背景を知らないんだ？」

「・あっちは種族そのものの存亡にかかわってくること。
・だから、管理者として大体のことは把握してる。
・この話は服装に関する文化の細かい話。
・このレベルの話は種族ごとにどころか
・集落単位で存在するから
・いちいち全部把握してられない」
「そりゃそうか」

いろいろな話を聞き、それならばと強制裸族状態については基本気にしないことにする耕助。

ついでに、立て札が持つ知識がイメージよりだいぶざっくりらしいということも理解する。

「だいぶ話がそれたが、今日は畑仕事を終えたら、島の外周を探索してくる。シェリアも連れて」

〔・がんばれ～〕

話が一段落したと判断し、再度今日の予定を宣言する耕助。

こうして、四日目にしてようやく、自分のいる島の探索を開始する耕助であった。

＊

「まずは海岸線沿いを歩いてみるか」

「そうですね」

畑仕事をサクッと終え、拠点近くの海岸に移動する耕助とシェリア。

何はともあれ、島の形と広さを確認することにしたようだ。

「なあ、シェリア。空から見て、どんな形してた？　簡単にでいいから描いてもらっていいか？」

「えっと、こういう感じでした。で、私たちは大体この辺にいます。多分、歩いて一周しようと思えばできる大きさだと思うんですけど、普段そんな距離を歩かないので本当に歩けるかは分かりません」

耕助に問われ、砂浜にやや楕円《だえん》形といった感じの形の島を描くシェリア。

なお、普段歩かないというのは単純に、翼人族は空を飛んで移動するのが普通だからだ。

「で、中央に山があって、山を囲うように森があります」

「森ってのは、あれか？」

「はい。あの森が島の中心部分を覆ってます。川が二本ほど流れてますけど、池とか湖とかは上空からは見つけられませんでした。その川でちょうど半分に分かれる感じですね」

「なるほど、大体は分かった。あとは、細かいことは歩きながらでいいか」

「ですね」

大雑把《おおざっぱ》な形状と地形が分かったところで、とりあえず歩いてみることにする耕助とシェリア。

歩き出してすぐに、先に確認しておいたほうがいいことに思い至る。

「そういえば、海岸線沿いに歩けそうにない場所ってあったか？」

「多分大丈夫だと思います。河口が二カ所ありましたけど、橋がなくても渡れるんじゃないかなってくらいの川幅でした。深さはちょっと分かりませんが」

「そうか。崖とかはなかったんだな？」

「はい。坂になってるところはあっても、崖になって分断されてるところはなかったと思います。ただ、海岸線は崖になってるところも結構ありますけど、崖の上は歩けると思います」

まずはいつも罠《わな》を仕掛けている方角に向けて歩きながら、シェリアに確認を取る耕助。

歩いて越えられない場所があった場合、道具を用意するかシェリアに抱えて運んでもらうかのどちらかになる。

シェリアに運んでもらうのはできれば避けたい耕助としては、橋がなくても越えられる幅の川が二つだけというのは非常にありがたい情報である。

「そんなにしっかり観察したわけじゃないので断言はできないんですけど、基本的に外周部はそんなに高低差はない感じで、中央の山に向かって徐々に高くなっていく感じでしたね」

「しかし、山か……。そんなものがあるようには見えないんだが……」

「……そういえば、拠点の位置からは、なぜか山が見えませんでしたね」

「森に阻まれるぐらいの高さってことか？」

「いえ、結構高かったですよ」

シェリアの説明に、どういうことかと一瞬考え込む耕助。少し悩んでから、さくっと考えるのをやめる。

「……この島はいろいろ変だから、山が見えないぐらいはおかしくないってことにしておこう」

「……そうですね」

深く考えるのをやめた耕助が出した結論に、同じく考えるのをやめたシェリアが同意する。

そもそもラディッシュが発芽も何もかもを飛ばして種をまいた翌朝に収穫できる島だ。

木を伐《き》る際に物理的におかしな倒れ方をすることも考えると、拠点から高い山が見えなくても不思議ではない。

「しかし、この辺は結構ぎりぎりまで森が来てるんだな。だとしたら、杭《くい》を使わずに木にロープをくくりつける形で籠罠を仕掛けることもできるか」

「あの罠って、何がかかるんですか？」

「いろいろだけど、大体はタコかウツボかカニだな。一応全部食えるんだけど、カニ以外は俺の手に負えないのが厄介なんだよ」

「タコは知ってるんですけど、ウツボってどんな生き物ですか？」

「口で説明するのは難しいけど、でかくてにょろにょろしてて肉食の獰猛《どうもう》な魚だな。どうせまたかかるだろうから、その時見せるよ」

いつもの罠ポイントから歩くこと十分。

このあたりの海岸線はずっと崖になっており、落ちたら陸に上がるのに非常に苦労しそうな地形が続いている。

特筆すべき点としては、森が意外と海岸線ぎりぎりまで来ているということだろう。

海岸沿いは一応普通に歩けるが、二人並んで歩くのは難しい程度のスペースしかない。

そのため、耕助が先頭に立ち、シェリアがその後をついていく状態になっている。

耕助が先頭なのは、シェリアを前にすると翼のせいで周りがあまりよく見えないからという、割と切実な問題からだ。

なお、武士の情けが仕事をしているため、後ろからでも耕助の分身がシェリアに見えることはない。

「そういえば、シェリアは料理ってできるか？」

「……ごめんなさい」

「……まあ、俺も大してできないから、責める気はないんだが」

獲物の話が出たところで、料理の話を振る耕助。

釣るにしても罠や網で獲《と》るにしても、全部塩を振って串刺しにして焼くだけというわけにもいかないので、シェリアに確認してみたのだ。

「ちなみにできない理由は単に教わってないからか、それとも何度かやった結果やらせてもらえなくなったからか、どっちだ？」

「単純に教わってないからですね。狩りで仕留めた獲物を解体するのはちゃんとできますし、解体した獲物に塩を振って焼くだけなら野営の時に経験してるので、そのくらいは問題なくできるんですけどね」

「なるほど、そういうレベルか。となると、魚を絞めて捌《さば》くってのは？」

「やったことないので、教わらないとできません」

「そうか。俺とそこまで違いはないわけか」

シェリアの技量を把握し、少しがっかりする耕助。

別に美少女の手料理なんてものに期待していたわけではなく、単に自分より料理のできる人間がいれば多少は食生活がマシになると思ったのだが、世の中そううまくはいかないようだ。

「となると、魚の料理の仕方を練習しないと、だな……」

「今後のことを考えると、私も料理できるようにならないとだめでしょうね……」

お互い、食事に関して相手に頼れないと察し、どんよりした表情でそんな決意を表明しあう耕助とシェリア。

その表情から、なんだかんだでお互いに料理に対して苦手意識があることが察せられてしまう。

そんな微妙な話題に触れてしまったからか、なんとなく気まずい雰囲気になり、二人して黙ってしまう。

「……これが、シェリアが言ってた河口か？」

「そうですね。見てのとおり、そんなに広くないでしょう？」

「そうだな。それに、足がつくぐらいの深さみたいだ」

料理の話題からさらに十分後。

黙々と海岸線を歩き、再び砂浜に出たところで、小さな河口にたどり着く。

「とはいえ、助走なしで飛び越えるのは厳しいか？」

川幅を見て、そう判断する耕助。

川幅は二メートル半といったところで、成人男性の立ち幅跳びの平均値は間違いなく超えている。

社畜生活で運動不足かつ筋肉も脂肪も足りていない耕助は、当然この手の運動能力の数値は平均以下なので、まず飛び越えるのは無理だろう。

だが、助走をつけてこの距離を飛べないほど運動能力が衰えているわけでもないので、あとはふんぎりがつくかどうかとジャンプするときにちゃんと踏み切れるかどうかだけである。

「よし、行くか」

見た感じ溺れるような水深でもなく、落ちて濡《ぬ》れたところで実質全裸なので被害というほどのものもない。

なので、念のために一度飛び跳ねて地面の状態を確認した後、耕助にしては珍しくそのまま何の気負いもなく飛び越えようとする。

もっとも、こういうときに妙な運の悪さを発揮するのが耕助だ。

案の定、助走をつけてジャンプしようと踏み切ったときに、なぜか地面が崩れてえぐれ、飛距離が伸びないという不運が発生。

それも、先ほど確認のために一度ジャンプした位置で、である。

「うわっと」

足を取られて飛距離が伸びず、ギリギリ対岸に届かず思いっきり水に落ちる耕助。

とはいえ、つんのめってはいるもののちゃんとジャンプ自体はできており、落ち方も足から落ちて普通に対岸の手前に立っている。

なので、落ちるというより正確には、河口の中に着地したと評すべきだろう。

水深は耕助の足首ぐらいなので、まず溺れることはない。

「怖《こわ》ぁ、もうちょいでコケるところだった……」

「大丈夫ですか!?」

「足が海に浸《つ》かっただけだから問題はない。ただ、バランス崩したときは肝が冷えたけど」

顔を引きつらせながらシェリアにそう告げる耕助。

もし顔面から突っ込んでいたら呼吸困難になっていたかもしれないので、耕助が冷や汗をかくのも仕方がなかろう。

「なんか嫌な予感がするので、私は飛んで越えますね」

「そのほうがいいな」

耕助の様子を見たシェリアが、翼人族の種族特性を活かして安全策に走る。

シェリアの判断にうなずきながらも、微妙にはらはらしながら見守る耕助。

シェリアが空を飛んだときは大体墜落してエロトラブルを起こしている。

なので、今回も墜落しないだろうかという不安が、どうしてもぬぐいきれない。

しかも今回の場合は、直前に耕助が妙な事故を起こしているので、今まで以上に不安が大きい。

かといって、では普通にジャンプして飛び越えようとすると、耕助と同じパターンでつんのめって耕助以上に派手に川に落ちる、もしくは耕助の顔面に胸を押しつける形で転倒するのではという別の不安がある。

つまり、どう転んでも不安しかないのだ。

「……さすがに、このぐらいの距離では何も起こりませんね」

そんな耕助の不安をよそに、何の問題もなく川を飛び越えるシェリア。

どうやら、ここまでフラグが立ちまくっていると、逆に立ったフラグは折れるらしい。

「それを言うってことは、シェリアも不安はあったのか？」

「そりゃあもう。この島に来てから、空を飛ぶと必ず落ちてましたし。それに、なんとなく不吉な感じが続いてますし」

「だよなあ」

お互い感じていることに対し、見解の一致をみる耕助とシェリア。

正直なところ、裸族手前な郷の生活習慣や性的な接触に対する忌避感や羞恥心が薄くなりがちな文化の影響で、シェリアはエロトラブルで耕助に裸を見られたり乳を揉《も》まれたりしたことはまったく気にしていない。

最初こそ耕助に裸を見られて派手に悲鳴を上げたが、立て札に説明したように、見知らぬおっさんにいきなり全裸同然の姿を見られれば、普通に恥ずかしいと思うぐらいには羞恥心が存在していたというだけである。

その後も裸でこそないが普通にエロい姿を見せつけ、さらに耕助の人となりをある程度知って見知らぬおっさんではなくなったことから、完全に羞恥心の対象から外れていたりする。

が、それはそれとして、事故で裸になったり胸や尻を押しつけたりするたびに耕助がすぐ本気で死のうとするので、この手のエロトラブルが頻発するのはよろしくないという実感はある。

あと、羞恥心や忌避感はないが、自分から脱いだり触りにいったり押し当てたりするのは、はしたない行為だという認識もちゃんと持ってはいる。

「で、この先はどうなってるんだろうな」

「上から見た感じでは、もうしばらく砂浜が続いてましたよ」

「そうか。となると、まだまだ景色は変わり映えしないわけだな」

「多分」

これ以上触れるとそれこそフラグになりかねないからか、先に進みながらサクッと話題を変える耕助とシェリア。

シェリアの言うとおり、この後十五分ほど拠点のあたりとあまり変わらない地形が続く。

「この辺から、また海岸線が崖になってくるのか」

「そうですね。さっきの川が、島の中心線みたいな感じです。あとは山と森を挟んで拠点から反対側の位置にある砂浜までは、ずっと崖が続くことになります」

「山、ねえ……。今のところそれらしいものは……ってあれか？」

山の話題が出たところで、耕助の視界に突如かなり高そうな山が飛び込んでくる。

耕助やシェリアに山の高さを目測する能力なんてないが、少なくとも登山装備なしで登れる高さではないのは間違いない。

「あれですあれです。あの山です」

「もうそういうもんだって割り切ってるとはいえ、なんであの大きさの山が拠点からどころか川を越えた時点でまだ見えなかったんだよ……」

「この島、本当に変ですよね……」

「変なら変で、もっと一目でおかしいと分かるようにしてくれ……」

飛べるシェリアはともかく、耕助が登るのは無理なのではないかというような大きな山。

どう見ても、距離があって森に阻まれてたから見えませんでしたなんて規模の山ではない。

そんな山が見えなかったことに、疲れたように突っ込むシェリアと耕助。

この分では、ほかにどんなトンデモ地形が待っていてもおかしくはない。

「……おかしいって突っ込んだところで、見えないものが見えるようになるわけじゃないだろうから、この件については諦めるとして。せめて砂漠と氷河地帯が同じ島にあるとか、そういうのはなしにしてくれよ……」

「上から見た限りは大丈夫でしたけど、見えないところでそうなっててもおかしくは……」

うんざりした様子でぼやく耕助に、自信なさげにそう告げるシェリア。

そんなこんなを言っているうちに、山を発見してからさらに十五分。位置的に山を挟んで拠点の反対側にあることになる砂浜に到着する。

「ここが、さっき言ってた拠点の反対側の砂浜か？」

「はい、そうです」

「ってことは、ここから折り返しか」

「ですね。ちなみに、さっき砂浜に描いたように、島の形は真円に近い楕円って感じです。そんな複雑な地形になってるところはありませんでした」

「なるほどな」

シェリアの説明で、大体のイメージをつかむ耕助。

ここまでで大体五十分なので、一周二時間程度の広さと考えてよさそうだ。

なお、二人とも気がついていないが、島の広さを考えると、明らかに山が大きすぎたりする。

「基本的な地形は、拠点にしてるあたりと変わらないっぽいな。別にこっちでもよかった感じだ」

「そうかもしれませんね」

「ああ、でも、向こうに比べて木材にできそうな木がだいぶ少ないから、それを考えるとここでスタートしてたら詰んでたかも」

現在地の地形をチェックし、そんな感想を口にする耕助。

恐らく初期位置は偶然の産物なのだろうが、実によくできていると言わざるを得ない。

「それにしても、まったく生き物の気配がないよな……」

「空を飛んでるときに一応、クマとイノシシが森の中を歩いているのを見かけましたけど、平地のほうまでは出てこないみたいですね」

「単に出てくる必要がないだけなのか、それともこの島特有の仕様で森からは出てこれないようになってるのか、それが問題だな……」

「森から出てこられると危険ですからね～」

不自然なまでに生き物の姿が見えないことについて、そんな話をする耕助とシェリア。

立て札は食物連鎖をまだ組み込んでいないと言っていたが、まったく存在していないわけでもないようだ。

「あと、つるはしで掘れと言わんばかりにそそり立ってるあの崖が気になる」

「不自然ですよね、あの崖」

「なんというか、強引に崖を置いたような感じだよな」

「ですね」

とても不自然な崖を前に、感想を言い合う耕助とシェリア。

物理的にどう考えてもおかしい構造になっているのに、なぜか問題なく存在しているのが見ていてとても気持ち悪い。

RPGでいう平原の真ん中に一カ所だけ崖のマップチップをぽつんと配置するということを、現実で実行したらこうなったという感じなのだろう。

「あんまり見てると脳がバグりそうだから、さっさと進むか」

「そうですね。あれを見てるとこう、すごく不安な気分になりますし」

耕助の宣言に、心の底から同意するシェリア。

なお、耕助の『脳がバグりそう』という言葉は、シェリアには翼人族の同じような意味の言葉で聞こえている。

この後もちょくちょくおかしなことになっている場所に遭遇しつつ、前半時とほぼ同じ地形になっている海岸線を歩いて進んでいく。

そして出発から約二時間後、島を一周し終え拠点に到着する。

〔・おかえり～〕

「ただいま」

「ただいま戻りました」

「なんか地形がおかしなことになってるところがちょくちょくあったぞ」

〔・おかしなこと？
・どんな感じ？〕
「うまく言えないんだが、マップチップ配置がおかしいＲＰＧのマップ、みたいな感じ」

「あと、中央にある大きな山、遮蔽物《しゃへいぶつ》がないのに見えるところと見えないところがあるんですが」

〔・なるほど。
・あとで調べて、修正できるならやっておく。
・そういうところから、世界が崩壊しかねない〕
「……なかなか大ごとだな、それ」
〔・それはそれとして、釣りはしなかった？〕
「飛び越えなきゃいけない場所とかあったから、釣りポイントを確認するだけにした」
〔・なるほど〕
帰還の挨拶もかねて、道中の報告を済ませる耕助とシェリア。
なんだかんだで無事に島の外周部の地形を把握しながら、拠点まで一周して戻ってきた耕助たちであった。

第10話　いろいろなものを集めよう

「さて、昼飯だが、どうしたものか……」

一息ついて落ち着いたところで、火をおこしながら言う耕助《こうすけ》。

やたら濃い事件が連続で起こった四日目も、気がつけば半日が過ぎようとしていた。

「お昼ですか。食べるのは、さっきもらった焼きそばとかですか？」

「パンはともかくカップ焼きそばは日持ちするから、できれば温存しておきたいんだよな……。よし、二人分には少ない気がするが、このカニを食おう」

シェリアの問いに、桶《おけ》の中でおとなしくしているベニズワイガニを見せながらそう告げる耕助。

そのカニを見て、シェリアが首をかしげる。

「このサイズのカニは初めて見るんですが、どうやって食べるんですか？」

「普通に丸ごと茹《ゆ》でて、脚を関節で折ってもいでから、殻を割って身を食べる」

「・他にも、脚だけ切って網で焼くとか
・調理方法自体はいろいろある」
「網で焼くんだったら絞めてからバラすんだろうけど、カニの絞め方なんか知らないから、雑に丸茹でしてる」

〔・まあ、仮に絞め方を知ってても
・今ある材料や道具だと難しいとは思うけど〕
カニを茹でる準備をしながら、シェリアの疑問に答える耕助と補足を入れる立て札。

「へえ。この殻って、熱を加えれば割れるようになるんですか？」

「さすがに、切り込みを入れてある程度割っておかないと、素手では無理だけどな」

その間にお湯が沸き、脚を縛られたカニが生きたまま鍋に沈められる。

「これで、甲羅が赤くなったら食べられる」

「楽しみです」

耕助の言葉に、わくわくした様子を見せるシェリア。

本当に楽しみらしい。

その間に、殻を割るための道具を用意する耕助。

「カニ切り鋏《ばさみ》とか作れたらいいんだけど、材料的にも技量的にも無理っぽいんだよなあ……」

〔・さすがに、そこらの適当な石で作った鋏なんて
・大したものは切れない。
・石斧《いしおの》のほうがまだ役に立つ〕
「だろうな。というか、そもそも物を切れる鋏になるのかどうか自体、怪しくないか？」

〔・さすがに、ちゃんと刃が立っていれば
・ものによっては切れる、はず〕
「どっちにしても、俺が作る限りは無理っぽいなあ」

〔・ぶっちゃけ、石である程度切れる鉄を作るより
・鉄の刃物を作れるようになるほうが早い。
・無駄なことは考えない〕
「だな」

立て札のダメ出しに、特に気を悪くする様子も見せずに同意する耕助。

そもそも自分でも分かって言っているので、正直な話をするなら、できると言われたほうが困る。

「えっと、それで殻を割るんですか？」

「ああ。つっても、全体をきっちり割る必要もないんだけどな」

そう言いながら鍋の中を覗《のぞ》き、いい感じで茹で上がっているのを確認してカニを取り出す耕助。

カニの脚を縛っていた紐《ひも》を手際よく外し、まだ熱いカニの脚をやけどしないように慎重にもいでいく。

爪と脚を全部もいだところで、みっちり身が詰まった脚を一本まな板の上に載せ、楔《くさび》を当ててハンマーを振り下ろす。

いい音とともにカニの殻に亀裂が入り、どんどん広がっていく。

「こういう感じで殻を割って、一カ所でいいから完全に縁《ふち》が切れたらあとは素手で剥《む》いていくんだ」

「なるほど。ちょっとやってみていいですか」

「おう」

シェリアの言葉にうなずいて、楔とハンマーを渡す耕助。

だがシェリアは、何を思ったのか楔だけを受け取る。

「シェリア……？」

「えっと、こういう感じで押し当てて、こう」

戸惑う耕助を横目に、まだ熱いカニの脚を素手でつかんでまな板に載せ、割りやすそうなポイントを見つけて楔を押し当て、いわゆる掌底《しょうてい》を叩《たた》き込むシェリア。

見た感じ軽く叩いたように見えたのに、先ほどの耕助以上にいい音を立てて殻が割れる。

「えっ？」

〔・さすがは身体能力特化種族。
・やっぱり、カニの殻くらいは素手でいける〕
「まあ、これくらいの硬さなら問題ないですね。ただ、楔を使わないで素手で割ろうとすると、中の身が飛び散って悲惨なことになりそうですけど」

立て札の反応に、苦笑しながらそう応じるシェリア。

その隣では、今の出来事についていけなかった耕助が、完全に固まってしまっている。

余談ながら、地球のベニズワイガニの脚などの殻は人間のあごで噛《か》み砕けなくもないため、実のところ素手でも剥ける。

しかし、この無人島のベニズワイガニの殻はタラバガニ以上に硬いため、人間の力では関節以外は素手ではどうにもならない。

〔・とりあえず、シェリア。
・殻を剥いたら、身はそのままパクッと。

・筋があるから注意〕
「はい。……美味《おい》しい！」

「……そりゃよかった。それなら、できたらでいいんだが、他のも先に割っといてもらっていいか？」

「はい、任せてください！」

耕助の頼みを快く引き受け、機嫌よさげにどんどん殻を割っていくシェリア。

実に圧倒的なパワーである。

「これ、楽しいですね！」

「だったら、次からカニ茹でたときは、任せていいか？」

「はい！」

あっという間にカニの殻を割り終えたシェリアが、とてもいい笑顔でうなずく。

殻を剥くのはカニを食べるうえでのある種の醍醐味《だいごみ》ではあるが、剥けるように下処理するのはかなり大変だ。

それを楽しんでやってくれるのであれば、全面的に任せても問題ないだろう。

いろんなことから目をそらしつつ、一人でそう勝手に納得する耕助。

そのまましばらく、二人して黙々とカニを食べる。

〔・それにしても、現状使い道がないとはいえ
・せっかくのカニのダシがもったいない〕
「そのダシで茹でたり煮込んだりする食材がないからなあ……」

食べ終わって一息ついたあたりで、カニの茹で汁について立て札がそんなことを言い出す。

立て札の言葉に同意しつつも、諦めの表情を浮かべる耕助。

取っておいてもすぐ腐るので、本当に現状ではどうしようもない。

「米も麦もまともな野菜もないの、本気でつらいわ……」

〔・魚だけはいくらでも手に入るから
・何気にダシ素材は十分〕
「あるのはラディッシュだけだから、本気で宝の持ち腐れだなあ……」

〔・明日はジャガイモが収穫できる。
・せっかくだから、煮込んでみれば？〕
「島ジャガイモは、煮込みに向く品種なのか？」

〔・これを言うとがっかりするかもだけど
・そもそもどの調理にもいまいち向かない〕
「……マジか……」

立て札の非情な言葉に、絶望的な表情で天を仰ぐ耕助。

食の楽しみが、本気でカニぐらいしかないのがはっきりした瞬間であった。

〔・そもそも、植えて三日で収穫できるイモが
・美味しいわけがない〕
「そりゃまあ、そうだな……」

「三日で収穫できるって、そのイモ大丈夫なんですか？」

〔・飢えさせないための作物だから
・ジャガイモに求められる栄養価は
・最低限よりましな程度には含有されている〕
不安そうなシェリアに、そう断言する立て札。

恐らくシェリアが心配しているのはそういうことではないのだろうが、立て札が言及しない以上は、島のシステム的に大丈夫なようになっているのだろう。

「えっと、食料品って畑と魚介とガチャから出るもの以外、手に入らないんですか？」

〔・実績で、いくつかアンロックされた。
・東屋《あずまや》建てたので動物が
・島の地形を把握したので果樹の類《たぐい》が
・森の中に湧いたはず〕
「じゃあ、私はそれを探してきますね」

〔・ん、がんばれ〕

立て札に食料について確認し、今日の目的を決めるシェリア。

やったほうがいいことはいろいろ思いつくが、やはり現状は何を置いても食料だと考えたようだ。

「じゃあ、いってきます」

思い立ったら即実行、とばかりに飛び立つシェリア。

「……どんなものが湧いてるのかとか、確認しなくてよかったのか？」

〔・たぶん、そんなこと考えてもないと思う〕

「だよなあ……」

あっという間に飛び去っていったシェリアを困った顔で見送りつつ、そう意見の一致をみる耕助と立て札。

それなりに広い森なので、探すものの情報なしでうろうろして見つかるのかどうかというと、かなり疑問である。

「一応確認しておくけど、増えた動物とか果樹って、全部食えるものなのか？」

〔・今回は、食べられるものばかり。
・ただ、食べられるのは食べられるけど
・ぶっちゃけ薬味、みたいなのも〕
「ああ、ゆずとかカボスみたいなのか」

〔・ん。
・さすがに全部そのまま食べられるっていうのは
・いろいろ問題がある〕
「だと思ったよ。ちなみに、リポップは？」

〔・基本的に一日一回。
・だから、狩る必要がある肉類はともかく
・果実に関しては味とかはお察し〕
「やっぱり、品種改良が必要か……」

もはや何度目か分からない、立て札からもたらされた絶望的な情報に、真顔でそう漏らす耕助。

もっとも、ラディッシュとジャガイモの時点でなんとなく予想がついていたので、今回はそこまでショックは受けていない。

「さて、俺もがんばってくるか。まずはいつものように、見えてる範囲の木と石を資材に変える作業から」

〔・がんばれ～〕

リポップするようになったもろもろについて横に置き、いつもの作業に入る耕助。

なんだかんだで、この三日間とさほど変わらぬ感じの午後が始まるのであった。

＊

「気のせいか、だいぶ作業が早くなった気がするな」

〔・そろそろ熟練度が1ポイント上がるから

・その影響だと思う〕

見える範囲の木と石を一時間ほどで回収し終え、壊れた斧とハンマーの代わりを作った耕助が、状況を確認してそうつぶやく。

そんな耕助のつぶやきを受け、立て札が重要な情報を提供する。

「へえ。やっとと言うべきか、もうと言うべきか悩むな……」

〔・いろんな意味で、こんなもの〕

「そうなのか？」

〔・ん。早くもなく遅くもない。
・上がるまでの作業量も多くもなく少なくもない。
・農業のほうも、ジャガイモ収穫して次のを植えたら
・たぶん上がる〕
「そっか。なら、がんばらないとな」

熟練度に関する情報を聞き、気合いを入れる耕助。

どうせ熟練度やレベルの類は、上がれば上がるほど上昇が渋くなるのだろう。

それでも作業を続けて鍛えないと困るのは自分だし、そもそも熟練度の伸びに関係なく生きていくうえでこれらの作業をやめることはできない。

なので、次の熟練度アップまでがんばるという目標は、モチベーション維持にとても重要なのだ。

〔・で、耕助に朗報。
・熟練度5ポイントくらいまでは
・熟練度アップに必要な作業量は据え置き
・なので、そこまではちょっとだけ早く上がる〕
「そりゃありがたい」

〔・まあ、上がっても大した差は出ないけど〕

「知ってる」

いちいち水を差す立て札に対し、苦笑しながらそう答える耕助。

そもそも、ネトゲなどに準拠したシステムであるならば、こんな序盤も序盤のレベルアップでそ

んな大差がつかないことぐらい容易に想像がつく。

それに、0と1、1と2ではかろうじて実感できる程度の差しかなくても、0と2ならばわずかであってもはっきり違いが分かるぐらいの差は出るだろう。

その積み重ねを考えれば、熟練度5ポイントというのはなかなか馬鹿にできない違いになるはずだ。

「もうこの辺じゃ集められるものもないから、ちょっくら河口まで釣りに行ってくるわ」

〔・いってら〕

デイリーを終わらせるため、釣り竿《つざお》と桶を手にそう宣言する耕助。

ついでに道中の資材回収用の背負い籠と、帰る前に仕掛けるつもりの罠を一緒に持っていく。

その後、特に何事もなく河口に到着した耕助は、ちらっと見て魚影があることを確認して、適当にルアーを投げ込む。

「さて、さほど得意でもないんだが、ちゃんと釣れるのやら……」

ほぼやったことがないルアーフィッシングに、どうにも不安が隠せない耕助。

今朝、海で釣りをしたときには、波の力で勝手に泳いでいるような挙動をしてくれたルアーではあるが、このあたりの流れが穏やかな場所で、何の芸もなく放り込んだだけで魚が反応するのかというと疑問である。

ではどう竿を動かせばそれっぽくなるのかなんて分かるわけもなく、そのまま適当に竿を振り回しながらぼんやりするしかない。

そんな適当な釣り方でも、釣れる魚はいるもので……

「……おっ、なんかかかった。……フナか。小さいけどこれ、食えるのか？」

釣りを始めてから五分ほどで、五センチほどの小さなフナを釣り上げた。

「……鑑定してみるか」

あまりの小ささに不安になり、鑑定で確認することにする耕助。

鑑定結果は、

〃無人島ブナ：無人島に棲《す》むフナ。一応食用だが骨が多く食べるところは少ない。十センチ未満は食べられる身などほぼないと思っていい。この個体はちょうど五センチ。骨は人間のあごではどうやっても食べられない〃

というものであった。

「実質食えないなら、逃がすか」

鑑定結果を受け、そう決める耕助。

そのまま川に放り込む。

「てか、考えてみれば、こんな浅いところで釣っても、大した魚はかからないか」

水深が足首ぐらいまでだったことを思い出し、もう少し上流の深さがありそうなところへ移動する。

十分ほど上流へ移動すると、突然水深が深くなる。

「この辺なら、もうちょい大きなのが釣れるか？」

見て分かるぐらい深くなったのを確認し、そんな期待を抱く耕助。

食えるサイズのが釣れてくれと祈りながら、先ほどと同じようにルアーを投げ込む。

そのまま適当に竿を揺らすこと十分、先ほどとは比較にならないほど強い引きがかかる。

「……強いな、これ。リールなしで釣れる気がしないぞ……」

ぼやきながらも、一生懸命リールを巻く耕助。

あまり強く巻きすぎると糸が切れるのでは、という思いつきで途中巻くのをやめて緩めたりもしながら、五分ほどかけて三十センチほどのマスを釣り上げる。

「デカいな。……いや、この種類の魚は、このサイズでデカいといえるのか？　まあいい、念のために鑑定」

釣り上げたマスの大きさに喜びつつ、食用に適しているかどうかも含めて一応鑑定しておくことにする耕助。

そもそも、耕助が見て確実に見分けがつく魚などイワシとサバとサンマとアジあたりで、それ以外はあれほど特徴的なウツボですらアナゴと区別がついていないぐらいである。

川魚に至っては全然知らないので、鑑定なしでは種類も食用に適しているかも判断できない。

鑑定結果は、

〝無人島マス：無人島に棲むマス。食用に適する。最大サイズは百二十センチ。この個体は三十二センチなので小型の部類だが、十分に食べるところはある。骨は人間のあごではどうやっても食べられない〟

であった。

「よし、食えるな」

問題なしと判断し、桶の中に入れておく耕助。

鑑定の情報は味に一切言及していないが、元から大した調味料がない時点でさほど期待していないので問題ない。

「デイリーが確か六回だったから、もう一匹何か釣ればクリアだな」

デイリーの回数を思い出し、もう一度ルアーを投げ込む耕助。

なぜ六回という中途半端な回数なのかは分からないが、まかり間違って大物がたくさん釣れたり籠罠《かごわな》にかかったりしてもそれはそれで困るので、ちょうどいい回数と言えなくもない。

そんなことを考えながら、先ほどと同じく適当に竿を揺らすこと十分。マスの時と比べると弱めのあたりが来る。

「なんかかかったか？　……かかってるな」

かかったふりをする魚もいるらしいというにわか知識であたりを疑いつつも、軽く巻いてみて魚がかかっていることを確信する耕助。

先ほどより抵抗が弱いこともあり、あっさり釣り上げる。

釣ったのは全長八センチほどのブルーギルであった。

「なんか毛色が違う感じだけど、これなんて魚だ？　食えるのか？」

日本で川や池で釣りをしたことがあれば、おそらく一度は釣ったことがあるであろうブルーギル。

だが、淡水魚についてまったく知らない耕助は、その正体が分からない。

「まあ、鑑定だな」

マスなんて有名な魚すら見て分からなかったこともあり、素直に鑑定に頼る耕助。

鑑定結果は、

〝ブルーギル‥なぜか無人島にも棲んでいるブルーギル。日本では明仁親王がシカゴ市長から贈呈されて入ってきた経緯を持つ、有名な外来種。見てのとおり、この個体は小さめなので食べるところは少ない〟


という内容だった。

「ほほう、これがあの有名なブルーギルか。まあ、食うところが少ないみたいだし、これも逃がすか」

鑑定結果になんとなく感心しつつ、身が少ないのであればとあっさり逃がす耕助。

日本ならともかくこの無人島の場合、生態系だの外来種だのの問題とは今のところ無縁、というよりゲーム的な仕様でリポップするのだから、逃がそうがどうしようが環境に対する影響などまったくない。

これが日本でなら、ブルーギルと知った以上は、たとえ焼け石に水であってもリリースなどしなかったのは言うまでもない。

「さて、シェリアの分も考えるなら、一応もう一匹ぐらいは釣っておいたほうがいいんだろうけど

「……」

ブルーギルを逃がしたところで、どうしたものかと悩む耕助。

正直なところ、一回の釣りにかかる時間と釣果のバランスを考えると、日が暮れるまでにここでもう一匹いいのが釣れる気がしない。

小さなものしか釣れないのは恐らく腕の問題なのだろうとは思うが、だとすればゲーム仕様的な熟練度を上げる方法での解決はよくて数日、実際には最低でも半年はかかるだろう。

なので、先のことを考えるならもう少し釣りを続けるべきなのだろうが、素材や食材を考えると今日は別のことをしたほうがいいかもしれないという気もしてしまうのだ。

「……よし、もう一回だけやっておこう」

少し迷って、もう一回だけチャレンジしようと釣り竿を振る耕助。

どうせ熟練度の上がり方は何かを釣り上げた回数だろうとあたりをつけ、一回でも回数を稼いでおこうと考えたのだ。

そんな考えで釣りをしたのが悪かったのか、すぐに何かがかかったのだが……

「……なんか、やたら手ごたえが軽いな……。……って、ちょっと待て……、いや確かに、釣りといえばお約束なんだろうけど……」

ルアーの針に引っかかった予想外のものに、思わず突っ込みを入れざるを得ない耕助。

そう、釣り竿の先には、見事な空き缶が引っかかっていた。

なお、缶の種類は桃缶で、缶切りで開けられている。

「……何かのネット小説で、釣れた空き缶から鉄のインゴット作るってネタがあったな、確か。一応持って帰るか」

どう見てもゴミなので捨てようとしたものの、ネット小説のネタを思い出して素材扱いすることにする耕助。

なんとなく嫌な予感がするので、釣りはいったんここでおしまいにしておく。

「よし、罠を仕掛けて戻るか」

当初の予定どおり、籠罠を仕掛けてその場を立ち去ろうとする耕助。

そんな耕助を呼ぶ声が、頭上から聞こえてくる。

「耕助さ〜ん！」

「シェリアか、どうした？」

「果物を見つけたんですが、私だと籠を背負えなくて、そんなに採れなかったんですよ」

「果物ってそれか？」

「はい」

耕助に問われ、抱えていた柑橘《かんきつ》を見せるシェリア。

シェリアが差し出してきた柑橘を見て、悩ましい表情を浮かべる耕助。

基本ものを知らない耕助だが、代表的な柑橘ぐらいは見分けがつくので、さすがにそれが何かぐらいは一目で理解する。

「……もしかして、食べられないんでしょうか？」

「俺が知ってるものと同じなら、そのままじゃ食えないな」

「……え〜……」

耕助の言葉に、がっかりした顔で不満の声を上げるシェリア。

シェリアが持ってきた柑橘は、どう見てもゆずであった。

「一応鑑定はするか。……やっぱりゆずだな」

「ゆず、ですか？　知らない果物です。本当に食べられないんですか？」

「一応、ジャムとかにすれば食える。そのままだとちょっと無理」

ジャムと聞いて、絶対無理だと理解したシェリアが絶望的な表情を浮かべる。

「もっと食材や調味料が充実してたら、これはこれでとてもいいものなんだけどな。基本的な使い方が、搾って魚にかけるとか、刻んだ皮をスープに浮かべて風味をつけるとか、そういう感じなんだよ」

「……そうなんですか」

「だから、今だと一個か二個あれば十分なんだよな」

そう言いつつ、シェリアからゆずを受け取って籠に入れる耕助。

現状、どんなものでもないよりはいい。

「ほかに、どんなものを見つけたんだ？」

「イノシシを発見しましたが、今ある道具だと、仕留めるのはともかく解体が無理なので今回は諦めました」

「……仕留められるのか？」

「あの程度の大きさのイノシシなら、素手で簡単に」

「あの程度ってのがどの程度の大きさか分からないんだが、俺たちはそもそもイノシシそのものを素手で仕留める能力なんて持ってない」

「……え〜……」

耕助の言葉に、そんな馬鹿なという感じで力なくうめくシェリア。

郷《さと》でも現在最年少であるシェリアは、当然のごとく戦闘能力も最下位だ。

そんなシェリアでも簡単にできることを、種族レベルで不可能だと言い切った耕助が信じられないようだ。

なお余談ながら、年齢と実戦経験の問題で郷での戦闘能力が最下位であるシェリアだが、同年齢だった時期で比較すればぶっちぎりでトップであり、現状でも一個上の世代との力量差は誤差の範囲だったりする。

「素手で仕留めるっていっても、背中に飛び乗って頸椎《けいつい》をへし折るだけですよ？」

「うちの故郷でそれができる人間は、どっちかっていうと少数派だろうな」

「……え〜……」

耕助のダメ出しに、またしてもそんな馬鹿なという感じで力なくうめくシェリア。

翼の有無ぐらいしか見た目や体格に差がないのに、そこまで貧弱だとは思っていなかったようである。

「……まあ、どっちにしても、獲物を仕留めても解体できないなら、まずはそのための道具づくりからだな」

「そうですね」

これ以上考えても不毛だと判断し、獲物を仕留めた後の話をする耕助。

耕助の言葉に、それはそうだと同意するシェリア。

「ただまあ、解体できたとしても、保管の問題があるから、貯蔵用のアイテムボックスのほうが先だろうな」

「運搬用のアイテムバッグも必要ですよね」

結局、最優先はアイテムバッグやアイテムボックスというのは変わらないにしろ、同じぐらいの優先順位で解体をはじめとした各種作業用の道具が必要だということで意見が一致する耕助とシェリアであった。

*

〔・おかえり～〕
「ただいま」
「ただいま戻りました」
〔・どうだった？〕
「微妙だな。いろいろ釣れたけど、食えるのは小さめのマスだけだった」
「イノシシを見つけましたが、大きすぎて解体が無理だってことで諦めました。果物も、そのまま食べられるものではありませんでしたし」
〔・残念だけど、ある意味妥当〕
帰還のあいさつとともに成果について立て札に報告する耕助とシェリア。

その報告に、まあそうだろうなとうなずく立て札。

「なんにしても、アイテムボックスとアイテムバッグは必須だろうってことと、解体とかの道具を用意しないとどうにもならんってことになって、今日は切り上げた」

〔・おつ。

・ということは、まずはレシピ確保のために

・家の資材を集めないと〕

「だな。明日はシェリアにも運搬を手伝ってもらって、森のあたりで木材をメインに回収してくる」

〔・それで問題ないと思う〕

「シェリアも頼むぞ」

「はい！」

「それとは別に、空き缶が釣れたから、こいつを溶かして別のものを作れないかと思ったんだが……」

〔・家が完成するころには、たぶん可能になる〕

「そうか。なら、また釣れたときも残しておいたほうがいいな」

〔・ん。

・鉄鉱石から作るのに比べて品質に難はあるけど

・どうせ今の耕助だと大した差はない。

・熟練度を鍛えるついでにつなぎの道具作るには

・ちょうどいいと思う〕
耕助の考えを肯定する立て札。

立て札のお墨付きをもらい、ならば集めておくかと改めて心に決める耕助。

〔・で、今日のデイリーと
・シェリア来訪記念の食料ガチャ〕
「……一個ぐらい、ネタじゃないやつが出るといいな」

〔・それはボクにも分からない〕

ガチャと聞いて、遠い目をする耕助。

「まあ、まずはデイリーの完了操作だな」

〔・ん〕

どんなものでも、基本的にはないよりまし。

そう腹をくくって、本日のデイリーミッションを完了させる耕助。

出てきたのは……

「牛乳ないと作れない商品とか……」

〔・おかしい。
・さすがに今回はそういうの出ないはず……。
・……今確認したら
・別の食料ガチャと同時になったから
・制限が解除されてる……〕

「……マジか……」

牛乳と混ぜて冷やして作る定番デザートの素であった。

［・まあ、特別ガチャのほうは
・主食に限定されてるから……］
「主食つっても妙なものが出てきそうなんだよな……。まあ、回してくれ」

［・りょ。
・……雑穀。
・コメントに困るレベル］
「ああ、これなら、私も料理の仕方が分かります。といっても、しつこくしつこく炊くだけなんですけど」

耕助のガチャから出てきた雑穀を見て、シェリアが妙に嬉しそうに説明する。

「ああ、シェリアたちの主食はこれか」

「小麦粉も食べますけど、これも多いですね」

「なら、俺が食いきれなくてもシェリアが食ってくれるな」

「任せてください」

シェリアの言葉に、なんとなくほっとする耕助。

いくら無人島で食生活が貧相になったとはいえ、日本でそれなり以上にクオリティが高いものを食べてきた耕助が、ろくな調理器具もなしに調理した雑穀を食べられるとは思えなかったのだ。

「私のほうは……。……なんか、ひよこっぽい絵が描いてある袋？　っぽいものが出てきたんですけど」

「なん……、だと……？」

〔・元祖鶏ガラの袋ラーメンとは恐れ入った……〕

耕助とは正反対の、妙な豪運を見せつけるシェリア。

なお、シェリアが引いた元祖鶏ガララーメンは五食パックだったりする。

この後のガチャも、シェリアだけが小麦粉やそば粉など比較的扱いやすいものを入手する傍ら、耕助はキャッサバイモや誰も調理方法が分からない謎の穀物など妙なものを引きまくるのであった。

第11話 家を建てる準備をしよう

その1 もう少し食料関係をよくしよう

〔・耕助《こうすけ》さん、朝ですよ
・起きてください〕
「ひねりのない起こし方を出してきたってことは、いよいよネタ切れか」

〔・……むう。
・一発で元ネタが分かる特徴的な起こし方って
・思ったより多くない〕
五日目の朝。いつものように妙なネタで立て札に起こされる耕助。

〔・それで、耕助。
・何も言わずに左を見る〕
「……えっ？　……なんでだよ!?」

立て札に言われて左を見ると、至近距離にシェリアの顔が。

同時に、左半身にとても柔らかい感触があることを理解する耕助。

反射的に慌てて離れようとするが、なぜか身動きが取れない。

それもそのはず。

耕助はがっしりとシェリアに抱きしめられており、生きた抱き枕にされていたのだ。

「確か、結構離れて寝てたよな……？」

〔・人肌が恋しかったのかそれとも単に寒かったのか
・夜中に起きたシェリアがふらふらと抱きつきに。
・もしかしたら、抱き枕がないと安眠できない派かも〕
「理由はどうでもいい。問題は、この絵面《えづら》が非常にやばいということだ……」

〔・襲って子孫繁栄も
・それはそれで〕
「無茶言うな……」

とんでもないことを言い出す立て札に対し、あってはいけない状況に理性をがりがり削られていることを自覚しながら力なくそう突っ込む耕助。

握手とかのレベルですら女体に触れた経験が乏しい耕助にとって、このレベルでの密着はいろんな意味で毒となって精神を蝕《むしば》む。

なお、一番の猛毒は腕に押しつけられた大きくて柔らかくて張りがあり、奥に芯のような硬さが残る感触である。

〔・シェリアが起きたときの反応が楽しみ〕

「……俺、死んだかな？　いや、死ななくても死のう……」

〔・別に浮気がばれたとかじゃないんだから
・いちいち死のうとか言わない〕
「……浮気とか以前に、四捨五入すれば四十のおっさんが、同意なしにミドルティーンの子供に手を出したと思われてもしょうがない状況にいる時点でいろいろアウトだろう……」

〔・大丈夫。
・状況的に襲ったのはシェリアだし
・そもそも、無人島では日本の法律関係ない〕
いちいち初心《うぶ》というか堅い耕助の反応に、半ば面白がりながらはやし立てる立て札。

まだ出会って一日ほどだとか、シェリアがどう思っているのかとか、そういう要素は全部無視である。

「……ほえ？」

そんなことをわちゃわちゃやっていると、ようやくシェリアが目を覚ます。

〔・うわあ、あざとい〕

「それは思ったが、ぶっちゃけそんなことはどうでもいい……」

いまいち状況が呑《の》み込めていないらしいシェリアの反応に、思わずという感じで正直な感想を口にする立て札。

立て札の感想に同意しつつ、この後どう転んでもろくなことにならない予感しかせず遠い目になる耕助。

〔・というかこの子、特別ぶりっ子ってわけでもないけど
・なんとなく同性からは嫌われてそう〕

「分からんではないが、それ、いま言うことか？」

〔・むしろ、いま茶化さないと〕

「茶化されても困る……」

〔・ちなみに、こういうタイプについて語るとすると
・一人に対してべたべたするなら
・べたべたしてる相手とのもともとの距離感次第。
・男であれば誰にでもいい顔したりべたべたするパターンは
・サークルクラッシャーなので嫌われる。
・最悪なのは、狙った相手以外に無茶苦茶態度悪いパターン〕

「だからそれ、いま言うことか……？」

まだ寝ぼけている感じのシェリアが完全に覚醒する前に、とばかりに、余計なことを言いまくる立て札。

そんな立て札の言葉に、ある種悟りを開いたような表情で苦情を言う耕助。

そんなどうでもいい脱線をしているうちに、ようやくシェリアが完全に目覚める。

「えっと、あの……、なんかごめんなさい……」

自分がとんでもない状態で寝ていたことに気がつき、真っ赤になりながら謝罪しつつ、あたふたと耕助から離れるシェリア。

「なあ、シェリア。俺だからよかったけど、普通の男相手だったら取り返しのつかないことになってたぞ？」

「……そうですね。そうですよね……」

「まあ、子供さえできれば相手はどうでもいいっていうんだったら、話は別だけどな……」

「さすがにそれは、最後の手段です！」

「どうしようもなかったら、やるつもりはあるのか……」

結構不名誉な扱いを受け、思わず大声で否定しようとするシェリア。

もっとも、最後の手段として候補に挙がっている時点で、何の否定にもなっていないのは言うまでもない。

「あ、その、それについては種族的に、個人の好みとか夫婦関係とかそういう要素より、圧倒的に子供を産むことのほうが重要なので……」

［・まあ、ゴブリンやオークを襲撃するぐらいだから
・あえてそういう連中に体を差し出すのは
・特に疑問でもないかも］
耕助の突っ込みにしどろもどろになりながら、弁明になっていない弁明を口にするシェリア。

シェリアの言葉に、翼人族のあれな事例をもとにさもありなんと納得する立て札。

「で、なんで抱きついてたんだ？」

「……昔から、何かを抱いてないとよく眠れなくて……」

「……早急に、抱き枕を作らなきゃいけないな、そりゃ」

シェリアの理由を聞き、そんな結論を出す耕助。

いろんな意味で手を出すのが怖《こわ》い相手なので、理性が負ける前に対策を取る必要があるのだ。

〔・いっそ手を出すのもありじゃ？〕

「なんというか、好感度が足りないのに手を出したら、子供授かるまで搾り取ってから相手を始末しそうな空気があってなあ……」

〔・ああ、翼人族ならやるかも……〕

「さすがに耕助さんにはやりませんよ！」

「それ、ならず者みたいなのが相手だったらやるって言ってるようなもんだぞ……」

「あっ……」

語るに落ちたシェリアに対し、厳しく突っ込みを入れる耕助。

立て札は同性から嫌われてそうと言っていたが、この手のアホの子的言動が素で出てくる間はそこまでもなさそうである。

「まあ、今後は抱きつかないように注意してもらうとして、だ。とっとと朝のガチャを済ませて朝飯食うぞ」

〔・了解。ガチャを回す〕

耕助に言われ、さくっとガチャを回す立て札。

例によってハイレア以上の演出が発生する。

出てきたものを見て、困ったように耕助に確認する。

〔・かなりの大物が出たけど、どこに出す？〕

「どこって、そうだな……」

唐突にそう聞かれ、どうしたものかと迷う耕助。

ざっと周囲を見渡して考え、将来的に手をつけなくても困らないであろうスペースを指定する。

「……あのへんだな。あそこだったら、拠点を広げることになっても使わないはず」

〔・ん、了解〕

海岸線沿いの、微妙な感じで飛び出たエリアを指定する耕助。

耕助の指定を受け、ガチャの中身を出す立て札。

出てきたのは、ミキサー車であった。

「……使えねえ……」

〔・使えないのはいつもどおり。
・問題は、屋根としても使い勝手悪いこと〕
「……そんなにか？」
〔・詳しくは鑑定で〕
立て札に言われ、ミキサー車を鑑定すると、

〃ミキサー車：コンクリートを練りながら現場まで運ぶ車。アメリカ製。昔の型なので、乗り心地その他はお察し。なお、エアコンなんて贅沢《ぜいたく》なものは存在しない。当然のことながらMT車〃

という内容が。

「本気で使えねえ……」

〔・ん。

・仮にガソリンと生コンがあったとして

・どっちにしてもあんまり使わない、というか使えない。

・いや、このタイプはディーゼルだったかも？〕

「使うのがガソリンだろうが軽油だろうが、そこは関係ないぞ……」

立て札のセリフに、耕助がそう突っ込む。

実際問題、現状で動かせなくても動かせても大して役に立たないことに変わりないので、使う燃料が何であっても関係はない。

さらに言うなら、耕助の免許はAT限定でMT車に乗ったことはなく、ギヤチェンジの操作ができないので燃料があっても動かせない。

「あの……とてもでっかいですが、これってなんですか？」

「ああ、これは自動車っつって、馬なしで走る馬車みたいなもんだ」

「へえ、すごいですね！」

「こいつは特定の用途に特化してるから、乗れるのは運転手とせいぜい助手席にもう一人。また、大きい割に荷物もほぼ積めない。動かすために必要な燃料は、現状この島ではどうやっても手に入らない。かなり昔に作られたタイプだから、構造に気が利いてないところが多くて故障も多い」

「……は、はあ……」

「というわけで、こいつは今のところ、どうやってもスペースを食うだけのガラクタなんだよな」

耕助の説明を、やや引きながら聞くシェリア。

もともとどういうものなのか、どう動くのかが分からないので、詳しく説明されてもピンとこないのだ。

「まあ、出てくるのがガラクタなのは分かってたから、ガチャ結果は置いておこう。まずは朝飯だが、せっかくだからジャガイモ掘って茹《ゆ》でるか」

〈・ん、それがいい。
・たとえ微妙な味でも、熟練度にはなる。
・あと、ミッションも出てる〉
いまいち分かっていないシェリアを置いて、朝の予定を口にする耕助。

耕助の選択に、『いいね！』という感じのマークを表示しながらそう告げる立て札。

「というわけだから、シェリア。火をおこしておくから火の管理とお湯沸かすの頼む」

「はい！」

耕助に仕事を振られ、元気に返事をするシェリア。

こうして、共同生活二日目の朝は、どうにか平常どおりの流れに戻るのであった。

＊

「あっ、早かったんですね」

収穫作業を始めてから十数分後。

しっかり洗ったジャガイモを五個ほどと、土がついたままのジャガイモが数十個入った籠を持って、耕助が戻ってくる。

「全部は収穫してないけどな。名前に『無人島』とつく作物は、どうやら栽培も収穫もものすごく簡単にできるらしいんだ。その分、味はお察しらしいけど……」

そう説明しつつ、いい具合に沸騰しているお湯に大雑把《おおざっぱ》に適量と思われる塩を放り込み、ちょっと待ってからジャガイモを投入する。

「さて、あとは茹で上がるのを待つだけ、なんだが……」

「早く茹で上がる、とかはないんですか？」

「さすがに、それはなさそうだな」

〔・そもそも、火を通す時間の短縮は
・農業じゃなくて料理スキルの区分〕
「だよなあ」

シェリアの疑問に対し、そう答える耕助と立て札。

その間にも、ジャガイモには順調に火が通っていく。

「……そろそろか？」

二十分後。串を刺して茹で加減を確認し、大丈夫だと判断してジャガイモを鍋からすくい上げる耕助。

それを、期待のこもった目で見つめるシェリア。

「味が足りなかったら塩を振ってくれ」

「はい！」

差し出された大ぶりなジャガイモが三つのった皿を前に、嬉しそうにそう返事をするシェリア。

早速、熱さも何も気にせずにイモを素手で割り、何のためらいもなく皮ごとかじる。

「……どうだ？」

「……ん〜、確かにすごく美味《おい》しいっていうことはありませんが、個人的に茹でただけのジャガイモなんてこんなもんじゃないかなって思いますよ」

「なるほど。シェリア的には普通、っと」

シェリアの反応を参考に、自分の分を慎重に冷ましながら箸《はし》で割って、どうせ茹でただけのイモは大した味などしないと軽く塩を振って口に入れる。

「……まあ、食えなくはないな。確かにかなり微妙だが」

［・三日で育つイモでも
・ジャガイモはジャガイモ。
・食べられないほどまずいものはできない］
「まあ、鑑定結果も微妙とはあっても、まずいとは書いてなかったからなあ……」

耕助の正直な感想に、立て札がそんなことを言う。

立て札の言葉に同意しつつ、これが続くのもつらいのはつらい、などと頭の片隅で考える耕助。

確かにまずいわけではないが、かといって毎日食べられる味かというとそんなこともない。

美味しいものは飽きやすいというのは事実だが、だからといって微妙なものが飽きないわけではなく、このジャガイモの味は微妙なくせになんとなく飽きやすいという絶妙なポジションにある。

そういう意味でも、無人島ジャガイモは非常に微妙な存在である。

「……やっぱ、もっといろいろ調味料が欲しいなあ……」

「そうですか？」

「塩だけだと、絶対飽きる自信があるぞ」

「そんなことはないと思うんですけど……」

〔・耕助は、ミニス〇ックゴールドの国から来た〕

「……ああ……」

耕助の反応に首をかしげていたシェリアが、立て札の一言ですぐに納得する。

ああいうものがあふれかえっていれば、このジャガイモの味に飽きるというのも分からなくはない。

「とはいえ、調味料より前に家と服を何とかしないといけないからなあ」

〔・それはそう。
・いつまでも葉っぱ一枚のホームレスはダメ〕
「ちゃんとした服は家より後でいいとしても、正直せめてパンツだけでも欲しい。でないと、服を着る生活に戻れなくなりそうで……」

〔・それ、だいぶ深刻な問題のような……。
・あと、当面は腰蓑《こしみの》なりパン一なりでよくても
・ちゃんとした服は早めに何とかしないとだめ。
・でないと、シェリアもいずれ全裸に……〕
「一応この服は、魔力を通せばある程度きれいになりはしますけどね」

〔・その手の自己修復も、限界はある〕

「家より後になるにしても、早めに何とかしなきゃいかんか……」

立て札の言葉に、渋い顔でそう結論を出す耕助。

シェリアが来たことで、服の優先順位が上から数えたほうが早いぐらいまで一気に上がってしまう。

この分では、塩以外の調味料の安定確保に手をつけるのは、かなり先のことになりそうだ。

「まあ、何するにしても、今日のところはミッションに合わせて行動するしかないな。家を作るにしても、そのほうが結果的に早く終わるだろうし」

〔・ん。
・というわけで、現時点でのミッションを確認〕
「だな」

今日の指針を決めるために、現在どんなミッションが出ているかを確認する耕助。

出ていたミッションは

・今日中に畑作業を10回完了せよ（3／10）：食料品もしくは調味料
・木材を100確保せよ（20／100）：インベントリスキル
・石材を100確保せよ（20／100）：アイテムボックス及びアイテムバッグのレシピ
・収穫したジャガイモを種イモに加工せよ（0／10）：ニンジンの種、大根の種
・収穫した作物を種に加工せよ（0／10）：ランダムな種
・イノシシを仕留めよ（0／1）：解体用器具、解体用器具のレシピ

というものであった。

「イノシシはまあ、シェリアにやってもらうとして。すぐ終わるのは畑作業のデイリーと種イモだな」

「そうですね」

「ちょっと気になったんだが、イノシシをシェリアが仕留めて、ミッションクリア扱いになるのか？」

〔・それは大丈夫。
・島にいる協力関係にある誰かがこなせば
・ミッションを達成した扱いになる。
・それとは別に
・二人分になったから、塩の在庫は注意〕

「そこまで全然気が回ってなかったな。よし、午前中はその辺を優先して進めるか。シェリア、悪

いけど畑仕事してる間に、使ってない桶《おけ》全部に海水汲《く》んできてくれないか？　できるだけ砂が混ざらないようにしてくれると助かる」

「はい」

耕助の指示を受け、両手に桶を持って砂浜まで飛んで移動するシェリア。

それを見送った後、作業を中断していた作物を、次々に収穫していく。

「さて、耕す前にジャガイモとラディッシュを種に加工だな。ジャガイモはまあ、適当に切り分ければ種イモになるとして、ラディッシュか……」

〔・もしかして、やり方が分からない？〕

「いや、たぶんこうなんだろうっていうのはあるんだ。ただ、なんとなく釈然としないというか……」

〔・いい加減、そろそろ慣れる〕

「まあ、そうなんだけどな」

そう言いながら、ラディッシュを適当にいくつかつかんで、クラフト台に向かう耕助。

そのまま、クラフト台にラディッシュを並べて魔力を注ぎ込む。

魔力を注ぎ込まれたラディッシュは、あっという間に三つほどの種に化ける。

どうやら一個ずつやらなければいけないということもなかったようで、クラフト台に載せてあったラディッシュが全部種に変換される。

今回変換したラディッシュは七個で、種は十九個になった。

この結果から察するに、今の耕助の能力とラディッシュの品質では、種に変換した場合二個か三個になるようだ。

「……やっぱりこれでよかったか。しかし、なんでこれで種になるんだ？」

〔・名称に無人島とつく作物は基本、そんなもの。
・むしろ、一般的なジャガイモと同じやり方する
・無人島ジャガイモが例外〕
なかなかに胡散臭《うさんくさ》い挙動をしてのけるクラフト台に、どうしても釈然としない耕助。

そんな耕助に、そういうものだと思えと言い切る立て札。

なんにせよ、あとはジャガイモを切り分ければ、畑関連はいったんミッションクリアである。

「しかし、今日のデイリーはまた畑仕事だったんだな」

〔・所詮《しょせん》ランダムだから〕

「そりゃまあ、そうか」

そう言いながらさっさとジャガイモを切り分けて全部のミッションを完了できる状態にしてから、デイリーミッションの完了操作をする耕助。

手に入ったのは、スーパーのスパイスコーナーに並んでいる小瓶入りのクミンシードであった。

「……確かに調味料だけど、使い方が分からない……」

〔・雑に味変としてぶち込むほか
・他のスパイスを集めてうまく調合すれば
・なんとカレー粉に〕
「それ知ってる。ある程度の配合比を知ってないと、まともなものにならないんだよな、確か」

〈・そのとおり。
・勘だけで適当に作ってとかは無理だと思う。
・というか、それで作れたら
・インドとイギリスの歴史に全面的にケンカ売ってる〉
「だろうな。つまり、俺には無理ってことだな」

〈・もしかしたら、そのうちレシピが手に入る可能性が〉

「ミッションの固定報酬でもない限り、俺の運でそんなものは一切期待できない」

〈・ボクもそう思う〉

レシピ入手確率について、そんな風に意見の一致をみる耕助と立て札。

これまでのことを考えると、当然の判断であろう。

「あとは、種をいろいろもらってっと。……ランダムはトウモロコシとほうれん草か」

〈・トウモロコシおめ。
・技量的に、たぶんぎりぎり作れると思う〉
「おめあり。てか、一種類じゃないんだな」

〈・この手のランダムは、二種類から四種類。
・今回はたぶん、二種類固定。
・ただし、候補は無人島品種限定で百種類ぐらい〉
「……ああ、何種類出るかもランダムなケースもあるわけか」

〈・ん。

・ちなみに、『ほうれん草とほうれん草』みたいな出方は
・しないようになってる。
・二種類なら二種類、必ず違うものが出る〕
「そりゃありがたい」

などと言っている間に、三往復目に出ていたシェリアが空から降りてくる。

「これで、全部終わりました」

「ああ、おつか……」

シェリアからの報告に、ねぎらいの言葉をかけながら振り返る耕助。

シェリアの姿を見た瞬間、言葉を失う。

〔・まあ、エロトラブル体質のドジっ子に
・海で水を汲むなんて作業を任せれば
・落ちて濡《ぬ》れ透け状態になるのは当然だと思う〕
シェリアの姿に対し、そんな非情なコメントをする立て札。

そう。現在シェリアはずぶ濡れになっており、服がぴったりと張り付いたうえに見事にいろいろ透けているのだ。

〔・なお、耕助。
・死のうネタは禁止。
・どうせ今後、この程度のエロトラブルは
・日常茶飯事になる〕

「……だろうな。というかシェリア、せめて服だけでも何とかしてくれ……」

「あっ、はい」

耕助の苦情を受け、服に魔力を通して濡れる前の状態に戻すシェリア。

なお、実のところ、シェリアは海に落ちたのではなく、最初から濡れる前提で波をかぶるぐらいの高さを飛ぶやり方で海水を汲んでいる。

なので、今回はドジったのではなく、濡れたらどうなるかにまったく気が向いていなかったというのが正しい。

「気を取り直して……塩を作るか」

シェリアが汲んできた桶六杯ほどの海水を錬金釜に入れ、塩に変えていく耕助。

できた量を見て、小さくため息をつく。

「やっぱ、桶で汲める程度だと量が知れてるなあ」

「もっといっぱい汲んできますね」

「頼む。あっ、今度はできるだけ濡れないように」

「がんばってみます」

耕助の懇願に、まったくあてにならない返事をして飛び去るシェリア。

「効率を考えると、シェリアが戻るのを待ったほうがいいんだろうけどなあ……」

「・畑が気になるのも分かる。
・けど、今は塩を優先したほうがいい」
「だよなあ……」

立て札にたしなめられ、畑仕事を後回しにする耕助。

飛んでいるだけあって、シェリアの往復速度はとても速く、そんな会話をしている間に最初の二杯が到着する。

「さっきよりだいぶ早いな……」

「さっきはどこがいいか、探りながら汲んでましたから」

「なるほどな」

耕助の疑問に、そう答えるシェリア。

どうやら先ほどの時点でベストな場所を見つけていたらしく、そことの往復で済ませることにしたようだ。

なお、ベストな場所だけあってか、今回は特に濡れていない。

「じゃあ、どんどん作っていくから、どんどん汲んできてくれ」

「はい！」

耕助の指示に元気よく応え、ひたすら海と拠点を往復するシェリア。

シェリアが汲んできた海水を、せっせと塩に変えていく耕助。

なんだかんだでエロトラブルの類《たぐい》もなく、耕助の魔力が尽きるまでの二時間ほどで、桶二杯分ぐらいの塩を作ることに成功するのであった。

＊

「さて、塩は十分できたから、シェリアは最初の予定どおりイノシシを仕留めてきてくれ。俺は畑作業を終えたら罠《かごわな》を確認して、木と石を集める」

「はい、いってきます！」

塩づくりを終え、じゅうぶん休憩したところで、次の作業に移る耕助とシェリア。

早くインベントリやアイテムバッグのミッションをこなしたいところだが、ジャガイモは収穫までに三日かかる。

詰み防止のためにも、毎日の収穫と栽培の作業は必須である。

「大根とニンジンをどうするかが悩ましいところだよな。鑑定した感じ、どうやら五日ぐらいかかるようだし」

畑を耕し、ラディッシュとジャガイモを植え、技量的にぎりぎり可能だという立て札の言葉を信じてトウモロコシ畑を作ったところで、そんな悩みを口にする耕助。

どうも、ちゃんと育つかどうかがかなりきわどい気がしてならないのだ。

これはラディッシュやジャガイモ、トウモロコシには感じなかった感覚である。

なお、ほうれん草は絶対無理という感覚があるので、今回はまったく悩んでいない。

「……種の数的には十回分ぐらいあるから、失敗覚悟で一個ずつ植えてみるか。ついでだし、ランダムのほうも試そう」

しばし考えた末に、そう決める耕助。

ついでだからと、何も植えない畑を十単位ぐらい耕しておく。

「これだけ用意すれば、最低でも一カ所ぐらいは雑草になるはず」

耕し終えた畑を前に、満足そうにまったく期待していないと分かることを言う耕助。

普通に考えれば半分雑草、一カ所か二カ所が作物の自生という結果になるのだが、自身の運だとそれすらありえないと思っている様子がうかがえるのが涙を誘う。

「あとは、籠罠の確認だな」

まだシェリアは帰ってこないようだと判断し、海岸の籠罠をチェックしに行く耕助。

河口のほうはちょっと遠いので、シェリアが戻ってから考えることにする。

「おっ、貝とエビがかかってる。こいつは昼飯だな」

籠罠をチェックすると、なんと今回はウツボを一匹引いただけで済んでいた。

しかも、驚くべき幸運でエビは二匹、貝は六個も入っている。

今までの成果を考えると、びっくりするほどの大漁である。

「さて、戻るか」

再び罠を海に沈め、獲物の入った桶を手にえっちらおっちら戻っていく耕助。

そのタイミングで、ちょうどシェリアも戻ってくるのが見える。

「……また、デカいのを仕留めてきたんだな……」

シェリアがぶら下げているイノシシを見て、思わず乾いた声でつぶやく耕助。

シェリアが仕留めたイノシシは、どう見ても耕助の身長よりデカい、というより下手をすれば二メートル近くある大物であった。

「あっ、耕助さん。ちゃんと仕留めてきました」

「……ああ、お疲れさま。……なんかそのイノシシ、首筋にでっかい切り傷があるんだが……」

「血抜きのために切りました」

「……どうやって？」

「こう、手刀でスパッと。さすがに解体には使えない技なんですけどね」

「……そうか」

「あと、冷やす作業も魔法で済ませました。これも、戦闘には使えないくらいの威力なんですけど、肉の質を良くするのには便利なんですよね」

「……なるほどな」

とても便利そうな能力をさらっと説明するシェリアに対し、思わず遠い目をしながらそう返事をする耕助。

あまりにもいろいろとかけ離れすぎていて、どうコメントしていいか分からなかったのだ。

「……じゃあ、ミッションを終わらせて、解体道具を確保だな」

「はい。そこからは、任せていただければ！」

「……本当なら、俺も練習しておいたほうがいいんだろうけど、たぶん邪魔になるだけだろうな……」

シェリアの言葉に、そんな結論を出す耕助。

結局、この耕助の考えは見事に当たっており……

「すげえな……。手を出す余地がまったくなかった……」

〔・翼人族にとって
・これぐらいの作業はできて当たり前。
・だから耕助が変にへこむ必要ない〕
「まあ、そうだよな……」

ものすごくデカいイノシシだというのに、わずか十分ほどで解体し終えたシェリアであった。

第12話 家を建てる準備をしよう その2 資材を集めよう

〔・とりあえず、耕助《こうすけ》。
・これで葉っぱ一枚からは解放される〕
「……ああ、言われてみれば」

いい感じにブロックごとに解体されたイノシシ肉を処理中、立て札が唐突にそんなことを言い出す。

「しかしこの葉っぱ、あれだけいろいろあったってのに、耐久ゲージが一ミリも減ってないのなんでだよ……」

〔・それは当然のこと。

・だってその葉っぱ
・この島にあるどんなものより頑丈。
・シェリアが全力を出してもちぎれない〕
「待て待て待て……」

〔・ただし、頑丈なのは耕助が全裸の間だけ。
・腰蓑《こしみの》かパンツをゲットしたら
・役目を終えてはらりと落ちる。
・その後は、普通の葉っぱ〕
「それはそれですげえな……」

やたらと耕助の股間を隠すことに執念を見せる仕様を聞き、恐れとあきれと感心が入り混じった感情が湧き上がる耕助。

どうにも、男の逸物《いちもつ》など見せてたまるかという強い意志がにじみ出ている。

「にしても、朝に桶《おけ》いっぱい塩を作っておいて正解だったな。そうでなきゃ、大部分の肉を無駄にするところだった」

〔・その代わり、塩漬け用の樽《たる》を作るのに木材使ったし
・燻製《くんせい》のためのかまどに石使ったから
・その分は集め直し〕
「それはもう、必要経費だと思うしかない」

立て札の指摘に、苦笑しながらそう答える耕助。

現状では資材と食料なら、食料のほうが圧倒的に重要である。

〔・それはそうと、スペアリブ焼くの

・シェリアに任せて大丈夫？〕

「不安がないとは言わないが、さすがにこの作業が終わる前に焦がしたりはしないはず」

立て札の言葉に、微妙に不安になりながらそう答える耕助。

現在シェリアは、昼と晩に食べる分として、スペアリブ的な部分を大きな串に刺してぐるぐる回転させながら焼く作業を行っている。

体力的には大変ではあるが、作業としてはそんなに難しいものではない。

しかし、能力的にはすさまじくハイスペックなのに、どこかポンコツさとアホの子っぽさがあるのがシェリアだ。

単に速すぎない速度で肉を回すだけという作業でも、何をやらかすか分からない怖《こわ》さがある。

「……よし。塩漬けはこれでいけるだろう。燻製のほうは、煙が消えたら完成だな」

鑑定で状態を確認し、大丈夫だとお墨付きをもらったところで、シェリアのほうを確認しに行く耕助。

幸いなことにというか残念ながらというか、シェリアも塊肉を焼くぐらいはちゃんとできていた。

「たぶん、もう少しだと思います」

「そうだな。あと三分ぐらいで焼ける」

シェリアの言葉にうなずき、鑑定で確認したことを告げる耕助。

モツを全部取っ払い、ある程度以上の塊で切り取れる部位を切り取った後の背骨から肋骨《ろっこつ》にかけての肉を、そのまま丸焼きにしている。

なので、肉塊の総重量は数十キロある。

骨の割合が高いことを踏まえても、耕助だけだと下手をすると一カ月分ぐらいの量になるが、シェリアだと三日もあれば食べ終わるらしい。

空を飛ぶ上に肉体的にハイスペックな分、翼人族はとにかく燃費が悪いのだ。

なので、どうせ温存しても腐るだけなので、とっとと食べきってしまうことにしたのだ。

なお、燃費の悪い翼人族だが、平常時の肉体的スペックと蓄積魔力を落とすことで地球人並みまで消費カロリーを落とす省エネモードも一応あるらしい。

「もう一度確認だが、焼いておけば、防腐の魔法で三日ぐらいはもつんだよな？」

「はい。それ以上はちょっと無理ですけど」

「なら、三日間は少なくとも食うに困らないわけか」

「そうですね」

とても重要なことを確認し、満足げに一つうなずく耕助。

だいぶ余裕ができているとはいえ、食料関係は基本的に綱渡りだ。

少しでも無駄なく消費できるに越したことはない。

「でも、内臓は食べなくていいんですか？」

「食えるように処理するだけで今日の残り時間がつぶれそうだから、今回は諦める」

「・それが賢明。
・翼人族だと問題なくても

・耕助だと無茶苦茶手間をかけないと
・あっさりお腹壊す」
「ということだ」

立て札の解説に同意する耕助。

それを聞いて、またしても耕助の種族のひ弱さを認識するシェリア。

なお、シェリアは理解していないが、翼人族と同等レベルに頑丈で、繁殖力以外にこれといった生態的弱点を持っていない種族などエルフ系ぐらいである。

ドワーフは頑丈さはともかく体格的に泳げなくて水に弱いという弱点があるし、ヴァンパイアは昼間に能力がガクンと落ちるうえに生き血を定期的に摂取しないとだめという面倒な制約がある。

ドラゴンだって寿命や身体的な能力はエルフや翼人族など足元にも及ばないほどの高みにいるが、逆鱗《げきりん》という致命的な弱点を持っている。

翼人族も一応は翼をやられると飛べなくなるという弱点はあるが、たいてい三日もすれば飛べるようになるので他の種族ほど致命的なものではない。

これらの種族は多少日が経《た》ったモツを生で食べた程度で腹を壊したりはしないが、それ以外の種族は度合いの差はあれ、処理が悪かったり新鮮ではなかったりするモツで腹を壊す。

なので、別に地球人が際立ってひ弱なわけではない。

「さて、焼けたし切り分けて昼飯にするか」

「はい！」

いい色に焼けたスペアリブを見て、そう宣言する耕助。

耕助の宣言に、嬉しそうに声を上げるシェリア。

見た目に反していろんな意味で肉食系の種族なので、やはり肉となるとテンションが上がるものがあるようだ。

もっとも調味料がないも同然で、ガチャで引いた塩コショウも全く分量が足りなかったため、味付けは塩のみではあるが。

「そういや、立て札。インベントリとアイテムボックスの仕様って、どうなってるんだ？」

スペアリブを切り分け、一本目を食べ終えたところで、今回イノシシを処理している途中で気になったことを質問する耕助。

なお、シェリアの処理がよかったのかそれとも動物は例外的に味がいいのか、塩だけだというのにスペアリブは臭みも少なく非常に美味《うま》かった。

〔・というと？〕

「容量とかはまあ、実際に試せばいいとして、具体的には保管したものの時間経過がどうなってるのかってのがな」

〔・ああ、そういう。
・確かに、食料が腐る的な意味で
・実際に試すのは怖い〕
「そうなんだよ。だから、事前に確認しておこうかってな」

〔・今の耕助がゲットできるインベントリは
・時間経過をほぼなしにできる。

・アイテムバッグとボックスは
・経過時間百分の一くらい？」
「なるほど。すごいっちゃすごいけど、過信はできない感じか」

〔・最終的に
・どっちも時間経過を完全に止めたり
・食べ物が腐らなくなるようにはできるようになる〕
「つまり、入手したら鍛えろってことだな」

〔・ん、そういうこと。
・ぶっちゃけ、持ってるだけでも
・ものすごく有利だから
・そのくらいの努力はしてほしい〕
「だな。問題は、インベントリなんてどうやって鍛えたらいいのかってことなんだが……」

〔・普通に使ってたら
・そのうち育つ。
・なお、同じ場所で何の目的もなく出し入れしても
・一切育たないから注意〕
「それ、目的があればそういう使い方しても育つってことだよな？」

〔・ん。資材の整理とか
・家具なんかのレイアウト調整とか

・そういう使い方なら
・その場で頻繁に出し入れしても育つ〕
「そいつはありがたいな」

インベントリスキルの大雑把《おおざっぱ》な仕様を聞き、欲しているものに近いことを知ってほっとする耕助。

やや頼りないところはあるが、そんなのはいつものことだし、インベントリに関しては自力取得など絶対不可能な類《たぐい》だ。

内容的に不完全ではあっても、あるだけでもありがたい。

〔・そうそう。
・よくあるインベントリから飛び道具を射出は
・別のスキルが必要になる。
・さすがにインベントリだけでできるほど
・便利でも万能でもない〕
「そこは期待してないっていうか、できたとしても俺が使いこなせるわけがないから気にしてない」

〔・諦めがよすぎるのは良くない。
・もっと熱くなれよ！〕
「どこの熱血元テニス選手だ……」

〔・突っ込みありがとう。
・通じないかと思った。

・まあ、それはそれとして
・飛んできたものをインベントリで回収しての防御は
・耕助の反射神経次第でできなくはない〕
「そっちはできるんだな」

〔・収納という機能から逸脱してないから
・できることはできる。
・炎とか魔法とかに関しては
・インベントリスキルの熟練度次第〕
「現象まで収納できるようになるのか……」

思ったより高性能なスキルに、驚きを隠せない耕助。

耕助が習得できるようなスキルなので、さすがに物体だけだと思っていたのだ。

〔・ぶっちゃけると
・耕助が生きてる間にそこまで到達するのは
・たぶん無理。
・せめて寿命の壁は突破しないと〕
「それを聞いて、安心した」

立て札がつけた落ちに納得し、二本目のスペアリブをかじる耕助。

なお、シェリアは耕助と立て札の会話を完全にスルーして、ひたすらスペアリブをかじっている。

すでに四本目を平らげているが、その勢いはまだ止まりそうにない。

「シェリア、晩の分も残しとけよ？」

「分かってます。さすがにこれ全部は無理ですよ」

「いや、言わなきゃ食い尽くしそうな勢いだったからな……」

「むう……」

あまりの勢いに突っ込んだ耕助に、微妙に不満げな声を上げるシェリア。

そこに、立て札が口を挟む。

［・それで耕助、
・皮の鞣《なめ》しは耕助しかできないと思うけど
・いつやる？］
「悩むところなんだよな。スキルはもらったっぽいけど、なぜか今回は膠《にかわ》とかもらえなかったし」

「今日は資材優先でもいいかもしれませんよ。主に、お肉の保存のために」

「だなあ……」

シェリアに言われ、そちらのほうに心が傾く耕助。

質が悪くなるだけで、一日ぐらい遅れても鞣せなくなるわけではない。

もっと言うなら、インベントリとかアイテムボックスが手に入れば、保留扱いでいったん置いておくこともできる。

いろいろと足りていないことも考えると、今日やる作業ではない気がする。

なお、耕助がもらったスキルは皮革加工全般と広範囲なものなので、鞣しだけでなくいろんな加工が可能である。

「そういや、ミッションクリアでスキルもらえるの、なんで俺だけなんだ」

〔・シンプルに、シェリアのキャパシティがギリギリ。
・だから、現時点では対象外。
・そのうち、シェリアも対象になる時期は来る〕
「なるほど。まあ、分からんではないか」

シェリアの基礎スペックを思い出し、そりゃそうかと納得する耕助。

この分だと、生まれながらの強種族は、新しくスキルを得るにはものすごくがんばる必要がありそうだ。

「よし、今日はインベントリを最優先だ。悪いけどシェリア、集めた資材の運搬を頼む」

「はい」

何を置いてもインベントリ。そう結論を出す耕助。

こうして午後からは、無人島に来て以来最も八ードな時間を過ごすことが確定するのであった。

＊

「これで、このあたりの木と石は終わりか」

三十分後。シェリアとの連携作業により、耕助は拠点近くの資材をすべて採り終えていた。

「これで多分30カウントぐらいのはず。さっきかまどとか作った感じからして、予備の道具類を作るために下加工してあった材料は、カウントに含まれてないはず。なら、森に行く前に、斧《おの》とハンマーを作れるだけ作っておいたほうがいいな」

手元の斧とハンマーの耐久ゲージを見て、そう結論を出す耕助。

最近だと、斧一本で大体十本ちょっとの木を伐採できるので、余裕を見て八本あればクリアできるだろう。

「よし、目標は今日中にどちらかクリアだ」

いろいろ考えて、そんな恐ろしい目標を立てる耕助。

今のペースなら、四時間ほどで終わらなくはないのは事実だ。

そして、日没までの時間も大体そんなものである。

だが、それは休憩を一切考えなければであり、耕助はもちろんシェリアの負担もガン無視である。

恐らくシェリアなら文句も言わず、というより下手をすると嬉々《きき》として従うだろうが、やっていることは下手なブラック企業よりブラックだ。

「さて、山ほど作るか」

〔・耕助が、なんか恐ろしいこと考えてる……〕

「何がだ？」

〔・いくら社畜根性が染みついてるとはいえ

・3K仕事を休憩なしはブラックすぎる〕

「一応、適宜休憩はとる予定だが？」

〔・休憩入れたら

・今日中には終わらない。

・しかも、作業はシェリアの協力前提。
・シェリアを使いつぶす気？」
分かっていない耕助に、そう指摘をする立て札。

耕助の社畜的思考と行動に関しては、東屋《あずまや》の時をはじめとしていろいろ前科がある。

言っておかねば、シェリアを巻き込んで同じことをしかねない。

「……ああ、シェリアのことまで考えてなかった……」

立て札に言われ、素直に反省する耕助。

社畜思考にありがちな問題だが、耕助はとにかく自分の作業しか意識がいかない傾向がある。

これまでは全部耕助一人でやっていたので問題ないが、昨日の時点ですでにシェリアと協力して
いろいろなことをやっている。

この思考で行動し続けた場合、いずれ致命的な破綻《はたん》を招くだろう。

そこに、耕助が放置していた資材を全部回収し終えたシェリアが戻ってくる。

歩いて回収していたため、耕助より戻るのが遅くなったのだ。

「全部集めました」

「ありがとう、助かった」

「この後は、森のほうでたくさん集めるんですよね？」

「ああ。まあ、休憩考えたら今日中には厳しいだろうけど」

「それ、耕助さんだけが伐採とか採掘やって、私は運搬しかしない前提ですよね？」

「まあ、そうなるが……」

「壊れかけのでいいから、斧を借りていいですか？」

「……もしかして」

「せっかくだから、今日中に終わらせてしまいましょう！」

なぜか、耕助以上に前のめりなシェリア。

その様子に、思わずドン引きする立て札。

〔・……せっかく耕助をたしなめたのに
・シェリアが全部台無しに……〕
「……まあ、今日終わるに越したことはないし、やる気があるうちにやる気がある範囲でやっちまうか」

〔・……ん。それでいいと思う。
・にしても、シェリアが予想以上にゴリラ〕
斧を持って飛び去っていたシェリアを見送り、そんな感想を口にする立て札と耕助。

華奢《きゃしゃ》で可憐《かれん》な美しさを誇る見た目とは裏腹に、シェリアはどこまでも力こそパワーというタイプの脳筋キャラのようだ。

「……早いとこ、斧を作って作業に戻るか」

〔・そのほうがいい。
・あの分だと、あっという間に斧を壊して戻ってきそう〕
「というか、もうすでに二本伐り倒して運んでるんだが……」

空を見上げながら、そんなことを言う耕助。

耕助の視線の先には、自分より大きな木材を二本ぶら下げて飛んでくるシェリアの姿が。

「ぶっちゃけ、百本ぐらいだったら俺いなくても、今日中に終わるんじゃないか？」

〔・……否定はできない。
・というか、本当にシェリアがゴリラすぎる……〕
「まあ、どっちにしても、斧がなきゃ話にならないから、数は作るんだが」

〔・うん、そのほうがいい。
・さすがに、耕助が作るより
・シェリアが壊すほうが早いことはないはず〕
「だといいんだけどなあ……」

そう言いながらも、斧を作るペースを上げる耕助。

三本目を完成させたところで、シェリアが戻ってくる。

「耕助さん、斧が壊れました！」

「適当に持っていってくれ……」

「はい！」

新しい斧を手に、元気よく飛び出していくシェリア。

それを見送った後、ふと気になって伝言板を覗《のぞ》く耕助。

「……嘘《うそ》だろ？　もうすぐカウントが50じゃないか……」

〔・壊れるまでに、十本は切り倒してる〕

「あの斧の耐久ゲージ、そんなにもったっけ？」

〔・たぶん、パワーでごまかした〕

「……できるのか？」

〔・できなくはない。

・耐久ゲージの減り方はほぼ一定。

・でも、一撃で木材に与えるダメージは

・熟練度と腕力、器用さがダイレクトに影響する。

・シェリアのパワーだったら、もしかしたら

・器用さと熟練度を無視して一撃二撃で切り倒すかも〕

「マジかよ……」

立て札の説明に、思わず天を仰ぐ耕助。

ちょうどそのタイミングで、シェリアがさらに二本、木材を追加する。

「……今ので50を超えたな」

〔・ん、超えた……〕

「正直、資材集めは俺、いらないんじゃないか……？」

〔・本気で否定できない。

・でも、常にシェリアの手が空いてるとは限らないから

・耕助自身も鍛えておくに越したことはない〕

「そりゃまあ、そうだな」

〔・ただ、どうがんばったところで

〔・最終的に耕助の役割は
・ここで畑の世話をすることと
・資材を加工することになりそうだけど〕
「何もできないよりはましだと思おう……」

あまりにも身も蓋《ふた》もない流れに、いろいろ諦める耕助と立て札。

その間にも、石斧づくりの手は止まっておらず、何気に六本目が完成する。

「俺がやるより斧一本あたりの伐採できる数が多いんだったら、これぐらいで十分か？」

〔・だと思う。
・ただ、さすがにシェリアのことはデータ不足すぎて
・何が起こるか予想できない〕
「まあ、来てからまだ一日ちょっとだしなあ」

〔・それもあるけど
・耕助と違ってボクの世界の存在だから
・ボクのスキャンを受けていない〕
「俺、スキャンなんかされてたのか？」

〔・当然。
・詳細は伏せるけど
・よその世界から異物が来た時点で
・ちゃんとスキャンして対処しないと危険〕

「……まあ、分からんでもない」

〔・だから正直な話、
・シェリアより耕助のほうをよく知ってる状態〕
「でも、シェリアについても、調べようと思えば調べられるんだろ？」

〔・現在調査中。
・さすがに、いくら目立つ少数民族とはいえ
・星の数ほどいる現生生物の中の一個体だから
・検索に時間かかる〕
「なるほどな」

立て札の事情を理解しつつ、今度はどんどんハンマーを作っていく耕助。

その間にシェリアが大量に木材を運び込む。

伐採をシェリアに任せきりになって一時間で、あっさりミッションクリアに必要な数以上の木材が揃《そろ》う。

「おーい、シェリア！　木材は必要数集まったから、休憩していいぞー！」

「はーい！」

ミッションの完了操作のついでに、大声でシェリアに声をかける耕助。

耕助に呼ばれて、いそいそと戻ってくるシェリア。

その顔はとても楽しそうに赤く上気している。

「耕助さん、耕助さん！　すごく楽しいです！」

「そうか、そりゃよかった」

「次は石ですよね!?」

「まあ、石だな」

やたらテンション高く次の作業を確認するシェリア。

その様子に微妙に引きながら、かなり適当な返事をする耕助。

別に苦行というわけではなかったが、正直、伐採作業の何が楽しいのか分からない。

「使いかけのハンマーはこれですか？」

「そうだけど、ちょっとは落ち着け」

すぐにでも行きたそうにするシェリアを、どうにか落ち着かせようとする耕助。

体つきは立派だが、どうにも行動原理が幼児のそれに近い気がしてならない。

「どれぐらい疲れてるか分からないんだから、ちゃんと休憩しようぜ」

〔・社畜の耕助が言うと
・まったく説得力がない。
・油断すると、すぐ休憩って概念を忘れる〕
「……それについては、俺も反省する……」

シェリアをたしなめようとして、立て札にブーメランな指摘をされる耕助。

島に来てからこっち、休憩なしでずっと畑仕事を続けたり、日が落ちているのに休憩なしの体で無理して東屋を完成させたりと、耕助もいろいろと前科がある。

「燻製ができてるから、休憩がてら火であぶって試食だな」

「はい！」

燻製と聞いて、先ほどとは別方向に顔を輝かせるシェリア。

実に本能に忠実な少女である。

「そういや、インベントリスキルはもう解放されてるんだったか」

念願のスキルが使えるようになったことを思い出し、せっかくだからと試しにイノシシの燻製を収納してみる耕助。

頭の中で収納しようと念じたところで、燻製のブロック肉が一瞬光って消失する。

二十キロほどのブロックがあっさり収納されると同時に、あとどれぐらい収納できるのかなんとなく把握できる。

「……なるほど。今のところ、総重量百キロ程度、品数は個数じゃなく種類で十種類まで収納可能か」

そうつぶやき、ついでに処理していないイノシシの毛皮を収納する。

なお、インベントリスキルは、視界内であれば何かの陰にあって見えていなくても、存在が分かっているものは手を触れなくても収納できるようだ。

「おお!?」

「インベントリスキルが解放されたから、ちょっと試してみた」

目の前で毛皮が消え、目を丸くして驚きの声を上げるシェリア。

そんなシェリアにそう言いながら、まな板の上に先ほど収納した燻製肉を出現させる耕助。

「よし、ちゃんと取り出せるな」

「すごいです！」

「これで、運搬は一気に楽になったな」

〔・ちなみに、一部の無脊椎動物は
・生きたまま収納可能。
・具体的には、ズワイガニより小さいカニ、エビ、貝。
・ナマコとか昆虫類もそう〕
「タコイカは無理なのか？」

〔・どういう設計でそうなったのか
・イカはいけるけどなぜかタコは無理〕
「なんでだよ、って突っ込みたいけど、この手のスキルってそういうもんだよな……」

〔・本当に、意味不明。
・どうデバッグしても、解決しなかった〕
自分で作ったスキルに振り回されている様子を見せる立て札に、こいつも案外ポンコツなのではと疑惑を持ってしまう耕助。

実際には立て札自身がポンコツというより、母親譲りの体質で時々誰の手にも負えない形で妙な結果が出るだけなのだが、当然そんなことを耕助が知るわけもない。

「まあ、燻製肉を焼くか」

「おー！」

耕助の言葉に、元気よく応えるシェリア。

何気に、いつの間にか火をおこしていたりする。

「……こんなもんか。あんまりたくさん切るとすぐなくなるし」

「はい！」

あぶるのにちょうどいいぐらいの大きさを切り分け、串に刺してシェリアに渡す耕助。

シェリアのほうも、間食にそんな大きな塊を要求するつもりはなかったようで、二口三口で食べ終わる大きさのそれを特に文句も言わずに受け取る。

「……なかなか美味いな」

「……美味《おい》しいですね」

意外にも、よく分からないまま雑に端材で作ったチップで煙をおこして燻《いぶ》して作ったとは思えないほど、燻製肉は美味《うま》かった。

「なんか、すごく元気が出てきたので、石を集めてきますね！」

「……了解」

これ以上休めと言っても無理そうなシェリアを見て、好きにさせることにする耕助。

そのまま、自身もハンマーを手に立ち上がる。

「耕助さんも行くんですか？」

「インベントリスキルの訓練も兼ねてな」

不思議そうにするシェリアに対し、苦笑しながらそう告げる耕助。

二人がかりで作業することになったため、当然のごとくシェリア一人より採掘作業ははかどり、三十分ほどで、ノルマを大幅に超過する形で石材確保ミッションを達成する。

「次のミッションを出すには、アイテムバッグとアイテムボックスを作らないとだめか。シェリアは好きにしてていいぞ」

「分かりました」

ノルマが終わり、手が空いたというのに、斧とハンマーを持って森のほうへ飛んでいこうとするシェリア。

よほど伐採と採掘が楽しかったらしい。

「あ〜、できたらでいいんだが、ゆず以外の果実とかないか探してくれるとありがたい」

「分かりました！」

耕助の要求を受け、斧とハンマーを置いて森のほうへと飛び去るシェリア。

その間に木と石でアイテムバッグとアイテムボックスを作り上げる耕助。

「……まんま木箱のボックスはともかく、木と石で作ったアイテムバッグが布っぽい質感と重さなのはどういう理屈だ？」

〔・それはもう
・サービス以外なんでもない〕
「……まあ、そのほうが助かるからいいか」

立て札の言葉に、それならとありがたく恩恵にあずかることにする耕助。

実際問題、布を用意しろと言われても困るのは確かだ。

「さて次は……」

アイテムバッグとアイテムボックスを作り終え、ミッションの完了操作を行う耕助。

次はいよいよ、家を建てるための資材加工らしい。

なお、スキルやレシピをゲットするために大量に要求された資材だが、アイテムバッグとアイテムボックスの作成にはほとんど使っていなかったりする。

「耕助さ～ん！」

「シェリアか？　って……またか」

〔・またしても、大物〕

さて、資材の加工をというタイミングで戻ってきたシェリアが、先ほど仕留めたものより大きなイノシシをぶら下げて戻ってくる。

「解体道具貸してください」

「……はいよ」

シェリアに言われて、解体道具を用意する耕助。

結局この日は、二頭目のイノシシの処理で日が落ちるのであった。

第13話　家を建てよう

「……んあ？」

六日目の朝。耕助《こうすけ》は何やら、全身を押さえつけられるような感触で目が覚める。

〔・昨夜はおたのしみでしたね〕

「……定番すぎないか、そのネタ……」

目覚めると同時に立て札にぶっこまれ、ジト目でそう返す耕助。

今日も耕助は、シェリアに抱き枕にされていた。

〔・実際におたのしみになっても
・別にいいんじゃないかとは思う〕
「だから、シェリアの気持ちを横に置くとしても、今やるのは自殺行為だと言ってるだろうが……」

〔・今から仕込んでも
・生まれるまで一年近くかかる。
・そのころには、食料は問題なくなってるはず〕
「だといいけどな……」

〔・あと、多分シェリアは
・耕助ならいつでもＯＫだと思う。
・翼人族ってぶっちゃけ
・そんなに恋愛感情とか重視しない
・嫌悪感がない相手なら誰でもＯＫ〕
「それはそれで、失礼な話のような気がするが……」

ものすごくひどいことを言い放つ立て札に対し、思わずそう突っ込む耕助。

そのタイミングで、シェリアが気持ちよさそうに耕助にすりすりする。

「……早く起こさないと、いろんな意味でやばい……」

種類の違うさまざまな柔らかさに理性をゴリゴリ削られ、そう決心する耕助。

ここで耕助が相手の無防備さに付け込めるような人間だったなら、今とはまったく違う人生を歩んでいただろう。

が、よく言えば誠実、悪く言えばヘタレな耕助には、二十近く年下の少女の無防備さに付け込んで手を出す発想も度胸もない。

さらに言うと、社畜時代に身近なところでいろいろな事件を目撃した影響で、ポリコレとかコンプライアンスとか青少年保護育成条例とか、そういったものを過剰に気にする傾向がある。

なので、よほど二人の関係に進展がない限り、耕助からシェリアに手を出すことはない。

もっとも、ここで手を出せるような男だったら、恐らくシェリアに限界まで搾り取られた後に始末される未来が待っていただろう。

そういう意味では命拾いしたと言えなくもない。

「シェリア、起きろ！　シェリア！」

理性が削り切られる前にと、必死になってシェリアを起こす耕助。

その動作のたびにさらなる柔らかさに襲われ、どんどん追い詰められていくのが哀れである。

「……ほえ？」

「それはもういいから……」

例のあざとい寝ぼけ声を漏らすシェリアに、そう突っ込む耕助。

拘束が緩んだタイミングで、すっと体を引きはがす。

「あ～、耕助さん……。おはようございましゅ……」

「おはよう。ジャガイモ茹《ゆ》でるから、顔洗ってきな」

「ふぁ～い」

まだどことなく寝ぼけている感じのシェリアを送り出し、火をおこして湯を沸かす耕助。

こうして、六日目が始まったのであった。

＊

「今日から、家を建てようかと思う」

朝の畑仕事と朝食を終え、今日の予定をそう宣言する耕助。

「ということは、私は材料集めですね！」

「まあ、そうなるんだが……」

「がんばって、たくさん集めてきますね！」

材料が必要と聞いて、目を輝かせるシェリア。

どうにも、とことんまで材料収集にはまってしまっているらしい。

〔・耕助、耕助。
・家を建て始める前に、今日のガチャ〕
「おっと、そうだな。回してくれ」

〔・りよ〕
立て札に突っ込まれ、今日のガチャを回す耕助。
なお、デイリーガチャには何も期待していないので、今日のガラクタは何かという方向にしか興味は向いていない。
〔・何が出るかな、何が出るかな。
・……お約束の、レアリティ演出。
・……すごい、一気にハイテク。
・なんと、デジタル複合機〕
「この環境で、それをどう使えと？」

〔・なお、お約束のように
・紙とトナーは付いてない〕
「だろうと思ったよ。まあ、電気と紙とトナーがあっても、ＦＡＸ機能は完全に飾りだが」

「えっと、これは何に使うものなんですか？」

「紙に書かれている文字や絵を、別の紙に複写する機械。複写先に使う紙は使えるものが決まってるけど、それを踏まえても便利なものなのは間違いない」

「へ～……」

「まあ、例によって動かすための動力とかそういうものが一切ないから、基本的に現状はただのガラクタなんだがな」

〔・しかも、コピーする必要があるものも特にない〕

「だな」

シェリアに簡単に説明しつつ、そう結論を出す耕助と立て札。

なお、デジタル複合機なのでコピーだけでなくＦＡＸとスキャナも組み込まれているが、シェリアに説明するのが難しいため二人とも省略している。

〔・それにしても耕助。
・今日まで全部石油か電気が必要なものって
・ある意味すごい〕
「だよなあ……」

〔・レアリティだけで言うなら
・ものすごい勝率〕
「まったく役に立ってないのがすげえよな。にしても、こういう文明の利器をガンガン放り込んでいいのか？」

〔・元から特に気にしてない。
・それで滅ぶならどっちにしてもいずれ滅ぶ。
・それに、この島はもともと別の世界の一部。
・現時点でどうなろうと
・本来のボクの世界には影響ない〕
「それでいいのか？」

〔・問題ない〕

ガチャ結果について、そんなことを言い合う立て札と耕助。

耕助に対する返事を見るに、どうやら立て札は自分の管理する世界について割とドライな考え方をしているようだ。

「さて、お約束も回収したことだし、さっさと作業に入ろう」

「じゃあ、私は、材料をたくさん集めていますね！」

「ああ、頼む」

〔・がんばれ〜〕

デイリーガチャも消化し、本日の作業へと意識を切り替える一同。

早くもシェリアが道具とアイテムボックスを持って飛び出していく。

〔・まあ、今日中には終わらないだろうけど〕

「分かってるって。東屋《あずまや》ですら、半日でぎりぎり終わらなかったんだからな」

シェリアを見送った後の立て札の言葉に、苦笑しながらそう返す耕助。

今の耕助だと、持っているレシピ的にも建築技術的にも、サンドボックスゲームで言うところの豆腐建築に近いものしか作れない。

それとて東屋と比べると、壁と床と扉と窓が増えるので、かかる手間は段違いになる。

材料はシェリアが大量に集めてきてくれるだろうが、それらの加工だけで下手をすれば一日以上つぶれるだろう。

〔・今日の見どころはあと、
・デイリーミッションの報酬と

・シェリアがエロトラブルを起こすかどうかくらい。
・正直、撮れ高は少なそう」
「むしろ、毎日撮れ高があるほうがおかしいと思うんだが？」

〔・まあ、それはそう。
・ただ、今日だけじゃなくて、
・しばらくは撮れ高低い気はしてる」
「建築なんて、ある程度作業が進まないと見栄えしないからなあ……」

立て札の言葉に、そう言って同意する耕助。

ただただ丸太を削ったり穴を掘ったりするだけの作業というのは、それだけ見ていてもさほど楽しいものでもない。

カメラワークや編集の仕方によっては、ＡＳＭＲ的な感じでいつまで見ていても飽きない映像にすることはできるかもしれないが、そんな面倒なことを立て札がするわけもない。

また、生産ラインのように規則正しくてきぱきと動くのであれば無造作に映像を垂れ流しても飽きないが、耕助の作業はそこまでの域には達していない。

そもそも、耕助が撮れ高について気にする必要はないのだが……。

「さて、まずは、何はなくとも各種採取道具の在庫チェックと補充から……」

「ひゃあああ!!」

耕助が作業の段取りをつぶやきながら道具を確認しに行こうとしたところで、悲鳴とともにシェリアが落ちてくる。

どんな奇跡か、悲鳴に気がついて顔を上げた耕助の視界が、一瞬でシェリアのスカートの中に覆いつくされる。

そのままの勢いで耕助の顔を股間に挟んで押し倒すシェリア。

なかなかに破廉恥な状況である。

〔・……いくらＰＧ12がついているとはいえ
・一応全年齢なのに顔面騎乗位とは恐れ入った……〕
状況の破廉恥さを、全年齢としては危険極まりない表現で言い表す立て札。

なお、転倒する際に妙にスローモーションだったこともあり、耕助に対する心配は一切していない。

〔・まあ、多少とはいえ、今日の撮れ高は稼げたっぽい。
・たぶんこの後は大したことは起こらないだろうし、
・仕事しよう〕
そんな無情なことを言いながら、意識の大部分を耕助たちの観察から自身の仕事へと切り替える立て札。

そんな立て札の予想どおり、家を建てる場所を決め、材料の加工とある程度の基礎工事を終えたところで一日が終わる。

結局この日は、デイリーミッションの報酬が『はったい粉』というコメントに困るものだったこと以外、特にネタになるようなことはないまま終わるのであった。

＊

翌日の夕方。

「飛べるって、すごいなあ……」

〔・こんなに早く完成するとは、

・さすがに予想外〕

「今夜から、屋根と壁のある生活ですね！」

完成した家を前に、各々《おのおの》正直な感想を口にする一同。

昨日の時点で基礎工事が終わっていたとはいえ、畑仕事もこなしたうえで日が落ちる前に完成するとは耕助も立て札も思っていなかったのだ。

なお、家の見た目は、よくあるスレート葺《ぶ》きのプレハブ小屋（窓なし倉庫仕様）を木造で作ったらこうなる、という感じの平屋建ての小屋である。

「大したサイズじゃないとはいえ、シェリアのおかげでものすごく早く完成した。本当に助かったわ」

〔・屋根作るのに足場いらなかったの、大きい〕

「だな。壁もやりやすかったし」

材料の加工や基礎工事ではまったく出番がなかったシェリアだったが、柱を立ててから後は八面《はちめん》六臂《ろっぴ》と言っていい活躍を見せた。

特に高所作業は翼人族の得意分野ということもあり、梁《はり》と屋根の取り付けはほぼシェリア一人で終わらせたと言っても過言ではない。

とはいえ、取り付け方が一目で分かるように耕助が工夫を凝らしたからこそ、シェリアだけで作業が終わったのも事実だ。

というよりそもそも、シェリアは素材の加工や道具の製作はできない。

なので、シェリアだけでいいのでは、とはならない。

なお、途中で二回ほど耕助の目の前で服をひっかけて胸をポロリしていたが、耕助の動揺をよそに本人は一切気にしていなかった。

「さて、建物はできたが、家具は一切ないんだよな。せめて布団ぐらいは用意しとくか」

〔・諸般の事情で、その前に服をおすすめ。

・それに、たぶん二人分の布団や敷物には

・毛皮が足りないはず。

・あと、よく考えたら

・今日のガチャやってない〕

「あ〜、だな……」

立て札に言われ、いろいろ忘れていることに気がつく耕助。

朝からシェリアのテンションが高かったため、朝食と畑仕事を終えてすぐに家づくりを始めたのだ。

そのため、ガチャだけに限らずいろいろとやっていないことがある。

「そういや、デイリーミッションも確認してねえわ」

「あ、そうでしたね」

「今日のデイリーは……、畑仕事だから終わってるな。報酬はノンジャンルか。完了っと」

デイリーミッションを確認し、完了操作を行う耕助。

出てきたのはキザラという謎の粉であった。

「なんだこりゃ？」

「なんなんでしょう？」

〔・確か、砂糖の一種。
・某じゃりン子に出てくる元ボクサーが
・カルメラ焼きっていうお菓子の材料に使ってた〕
「全然分からねえわ……」

「初めて聞きました……」

〔・さすがに昭和のころの漫画だから
・耕助が知らないのも無理はないかも〕
「昨日のはったい粉といい、絶妙によく分からないものが出てきてんなあ……。まあ、砂糖だってんだったら、使い道はいくらでもあるから大当たりではあるな」

またしてもよく知らないものが出てきたため、思わず遠い目をしてしまう耕助。

そもそも、ノンジャンルなのに調味料が出てきていること自体、大きな突っ込みどころであろう。

「じゃあ、服作るか。ガチャはその後のほうがいいんだよな？」

〔・そのほうが面白いものが見れると
・ボクの勘がささやいている〕
「さよか……」

立て札の言葉にうなずき、イノシシの皮を処理して服に加工する耕助。

とはいえ、耕助の能力で作れる服など、バーバリアン的な感じのチョッキと腰巻、あとは鞣《なめ》しのスキルと一緒にレシピを入手した毛皮の靴がいいところ。

チョッキなどは言ってしまえば、ほぼほぼ裁断するだけである。

なので、靴以外はさほど時間もかからない。

なお、鞣すための膠《にかわ》は、農作物やイノシシの骨髄などから錬金術で取り出して用意している。

「……っと、こんなもんか。この靴とか、よく縫えたなあ……」

〔・おつ〕

「お疲れさまです」

全体的にはほぼ形どおりに裁断するだけの作業だったこともあり、日が落ち切る前に服が完成する。

「せっかく完成したんだし、さっそく着てみるか」

〔・そのまえに、ガチャ。
・ボクの勘だと、とても面白いものが出るはず〕
「……つまり、落ちとしてはろくでもないってことだな」

〔・そうとも言う〕

その言葉に、思わずジト目を向けてしまう耕助。
立て札が喜んでいる時点で、耕助がいじられる未来は確定していると言っていい。
「まあ、いい。ガチャを回してくれ」
〔・りょ〕
耕助に言われ、ガチャを回す立て札。
今日は珍しく、何の演出もなくカプセルが出現する。
〔・お、久しぶりの通常演出。
・つまり、レアリティ的には最高でもレア〕
「だな。つまり、実用性の面で期待が持てる、とも言う」

〔・ん〕

耕助の言い分に、しれっと同意する立て札。

低レアリティのものがすべて実用的かというと、当然ながらそんなことはない。

しかし、高レアリティのものは使うために前提となる設備や環境が必要なものが多いため、原始的な技術しかない無人島という環境では、どうしてもガラクタになりがちである。

〔・実は、食品関係以外では初めてかも。
・では開封〕
そう宣言して、カプセルを開ける立て札。

開封と同時に、耕助の足元に布製品らしき何かがひらひらと落ちてくる。

「……トランクス、……だと？」

「わあ、可愛《かわい》い模様ですね！」

〔・イチゴ柄のトランクスとは
・さすが耕助、お約束を外さない〕
本日耕助が手に入れたのは、イチゴ柄のトランクス三枚セットであった。

「……葉っぱ一枚と比較すればありがたい……んだが、どうせ出るならもっと早くに……」

〔・むしろ、服ができた今だから出たんだと思う〕

「……本当に、結果に干渉してないのか？」

〔・してない、というか
・するならミッション報酬として固定で渡す。
・ボクが特定のものを支給する場合、
・ミッション報酬か救済措置に限定される〕
「……だよな」

立て札の言い分に、一応納得する耕助。

立て札に関してはいろいろと疑わしい要素がごろごろしているが、少なくともガチャに関しては、カテゴリー設定以上の干渉はしていないという点は信用している。

なので、今回も立て札は直接的に何もしていない点については、納得しなくもない。

ただそれとは別に、どうにも乱数をおかしな方向にかき乱す性質を持っているのではないか、という点で、彼女の干渉を疑っていたりはするが。

「……まあ、はいてみる前に、一応鑑定しておくか」

なんとなく気になり、手に持ったトランクスを鑑定する耕助。

鑑定結果は……


〝トランクス（イチゴ模様）：機能的には普通のトランクス。ランスを投げまくりながら魔界にお姫様を助けに行く騎士の時代から、伝統的にパンイチといえばこれかブーメラン、もしくは白のブリーフがお約束。なお、こういうときのパンツといえばイチゴかクマが多いように思われるのは気のせいだろうか？　▼〟


という、なかなかにファンキーな内容であった。

「ランスを投げまくる騎士って誰だよ……」

〔・高難易度が売りの、古き良きアクションゲーム。
・8ビット時代の名作〕
「さすがに、そこまでは追いきれてないな……」

思わず鑑定結果に突っ込んだ耕助に、感慨深くどうでもいい補足を告げる立て札。

当然のことながら、シェリアはまったく話についていけていない。

「……ん？　この▼、もしかしてまだ鑑定内容が続いてる？」

鑑定結果の末尾にあった▼マークに気がつく耕助。

この手のマークは大体続きがあるやつだと考え、じっくり確認する。

予想どおり、まだ鑑定結果はすべて確認できていなかった。

「……なになに？　このトランクスには自動修復と自動浄化の機能が施されているため、跡形もなく燃え尽きでもしない限りは半永久的に使用可能。魔力を込めることで修復と浄化の速度を速めることができる？」

「あっ、私の服と同じですね！」

「そういや、そんなこと言ってたな。しかし、家電なんかよりよっぽどレアリティ高そうなこと書いてないか、これ？」

〔・自動修復とか自動浄化とか
・そこまでレアな機能じゃない〕
「そうなのか？」

「そうですね。普通の服よりかなり高くはつきますけど、旅をするのであれば基本装備みたいなところはあります」

〔・レアリティ的にはレアぐらい。
・つまり、ぎりぎり確定演出が入らないぐらい〕
「そうなのか」

立て札とシェリアの言葉に、文化や技術の違いを思い知る耕助。

立て札だけなら担がれている可能性もあるが、シェリアも同じことを言っているので、嘘《うそ》ではないだろう。

「まあいい。パンツはくか」

〔・やったね、耕助！

・これで文明人に一歩前進だ！〕
「やかましい！」

嬉しそうに茶々を入れてくる立て札にそう吠《ほ》えつつ、家の陰でいそいそとトランクスをはく耕助。

その途中で、一週間にわたり耕助の股間をガードしていた武士の情けがはらりと落ちて朽ち果てる。

「しまった。どうせだったら腰巻とチョッキも持ってきておけばよかった……」

思わずトランクスだけ持ってきてしまったため、パンイチ姿で戻る羽目になる耕助。

このあたりの抜けの多さを見るに、ブラック企業から逃げられなかったのもしょうがないところだろう。

「わあ、耕助さん可愛い！」

〔・シェリアの感覚が分からない……〕

パンイチの耕助を迎えたのは、シェリアの黄色い声と立て札の戸惑いが浮かんだ言葉であった。

「……なんというか、独特のセンスだな……」

〔・何気に、シェリアって趣味悪そう……〕

「いろんな意味で失礼だな、って言いたいが、正直同感だわ……」

「え～……」

せっかく褒めたのにぼろくそに言われ、不満そうな声を上げるシェリア。

とはいえ、パンイチの耕助を可愛いなどとほざくセンスは、何を言われても仕方ないだろう。

一応耕助の名誉のために言っておくと、別に耕助は不細工と言われるような顔はしていない。

ただ、どうやっても可愛いと言ってもらえるような容姿や体形はしていないのも事実で、それは本人も自覚しているのである。

「まあいい。とっとと服着よう」

深掘りすると、ろくなことにならない気がする。

そんな予感に押され、大急ぎで腰巻を身につけ、チョッキを羽織る。

わずか数分で、耕助の姿は見事に三下の雑魚いバーバリアンに早変わりした。

「予想はしてたが、嫌な方向で似合ってる感じだな……」

〔・ん、予想以上。

・なんというか、ボスに追い立てられて

・ビビりながら主人公に向かっていって

・一瞬で殺される雑魚〕

「それも、腰ぎんちゃくとかじゃなくて、搾取されてパシリにされてる類《たぐい》な……」

桶《おけ》の水に映った自身の姿を見て、そんな正直な感想を漏らす耕助。

それに同意し、なかなかひどいことを言う立て札。

そんな中、なぜかシェリアが耕助を食い入るように見つめている。

「……なあ、シェリア。どうしたんだ？」

「……耕助さんは、私が守ります！」

「……えっ？」

〔・なんですと？〕

唐突に、そんなことを宣言するシェリア。

あまりに唐突すぎてついていけず、間の抜けた言葉を漏らす耕助と立て札。

「耕助さんを見てると、なんかいろんなところがキュンキュンしてきて、守らなきゃって気分になるんです。なので、全力で守らせてください！」

「……いや、意味が分からん」

「え～!?」

シェリアの言葉を、真っ向から切り捨てる耕助。

その反応に不満そうなシェリアだが、理解できないものは理解できない。

〔・……多分、本人も自覚してないけど
・シェリアの隠された性癖に直撃したんだと思う〕
「この格好の俺がか？　趣味悪くないか？」

〔・この場合、耕助が対象かどうかとは別次元で
・趣味が悪いことは否定しない。
・ただ、考えようによっては耕助でよかったかも〕
「……ヘタレで安全だからか？」

〔・それもあるけど
・耕助相手なら、悪いことにはならない確信はある〕
「だといいんだがな……」

ささやくように表示するという器用な真似で、耕助に自身についての考察を告げる立て札。

その内容に、微妙に苦い顔をする耕助。

「まあ、晩飯にしよう……」

〔・ん。それがいい。

・どうせ今日はこの後

・すべての作業が不可能になるし〕

「どういうことだ？」

〔・いわゆるアプデ。

・詳細は伝言板で確認。

・早くご飯の用意しないと

・場合によっては調理も不可能に〕

物騒な言葉で追い立ててくる立て札に従い、慌てて夕食の準備に入る耕助。

今日は魚介類を確保していないため、イノシシ肉とジャガイモだけである。

「それで、何があるんだ？」

あぶったイノシシ肉を片手に、伝言板のお知らせページを確認する耕助。

お知らせページには、

・アップデートのお知らせ

島の住民が、初期の原始的な最低ラインの文明を維持可能な形で獲得しましたので、島の拡張アップデートを行います。

アップデート後は、以下の項目が追加されます。
1．中央の山に、ドラゴンが発生
2．島の面積が拡張され、砂漠エリアと氷河エリアが追加
3．中央の森に、さまざまな動植物が追加
4．地上及び地下に、ランダムなダンジョン及び遺跡が発生
今回のアップデートは、一部を除き翌朝四時からの適用となります。

また、これらの変更に伴い、謎の現生生物なども増える予定です。

今後も、無人島開拓をがんばってください。


という内容が記載されていた。

「ドラゴン!?　ドラゴンですか!?」

「なんだ、シェリア？　何か問題でもあるのか？」

「お肉ですよ、お肉！　レッサーか、グレーターくらいまでだと嬉しいな！」

「食う気かよ……。てか、グレーターぐらいまでじゃないとだめな理由ってなんなんだ？」

「エルダー以上だと意思疎通ができるうえに、食べても美味《おい》しくないんですよ」

「食ったことがあるのかよ!?」

「はい。私がまだ飛べるようになったばかりのころに、天変地異で致命傷を負ったエルダードラゴンの方が郷《さと》に落ちてきまして。その方の意向で、みんなで食べたんですよ」

「……食えって言われて食えるのも、なかなかすげえな……」

「それも、お葬式の形の一つですから。ちなみに、レッサーとかグレーターとかは、年に何回かちょっかいかけてくるのを仕留めて食べてます」

「……なるほどな……」

シェリアの説明に、理解できないながらも納得はしておく耕助。

翼人族が見た目に反してかなりのアマゾネス集団だというのは分かっていたつもりだが、まだまだ理解が甘かったようだ。

そんな話をしたせいか、唐突に空を巨大な影が覆い、けたたましい鳴き声を響き渡らせる。

「グルァアアアアアアアアアアアアアアアアアアアアアアアアアアアアアアア!!」

「……えっ？」

「レッサードラゴンだ！」

突然の出来事に硬直する耕助をよそに、非常に嬉しそうな声を上げていきなりマックススピードで飛び立つシェリア。

そのままの勢いで、ブレスを吐こうとしていたレッサードラゴンの逆鱗《げきりん》をぶち抜いてワンパンで仕留める。

「……ええ～？」

「・ここまでとは、ちょっと予想外……」

あまりにもあまりな結果に、まったく脳内処理が追いつかない耕助と立て札。

そこに追い打ちをかけるように、遠くから先ほどのレッサードラゴンなんて比ではないほど巨大なドラゴンが飛んでくる。

『ふむ、おかしな空間のひずみがあってレッサーどもが騒いでおるからと様子を見に来たのじゃが……、なんじゃこれは？』

島全体を覆いつくすほど巨大なドラゴンから、なんとなく幼女っぽい感じの声が聞こえてくる。

なお、シェリアはまだ、仕留めたドラゴンの回収から戻っていない。

「なんじゃこれは、って言われても……。正体不明の無人島としか……」

『デカいドラゴンに怯《おび》えるのは分からんではないが、取って食おうというわけではないから、そんなに硬くなるでない』

「は、はあ……」

『つと、先に自己紹介をしておいたほうがいいかの。妾《わらわ》はレティシア・バハムート。さまざまな世界のバハムートと呼ばれるドラゴンの因子が混ざった、この世界のドラゴンの頂点におるものじゃ。現在、空間が安定しておらんのでかさばる標準サイズ以外に化けられんが、危害を加えることはないから安心せい』

「えっ？　バハムート？　いろんなところで有名な、あの？」

『うむ』

「ええ～～～～～!?」

ドラゴンの衝撃的な自己紹介に、全力で絶叫してしまう耕助。

こうして、島の大型アップデート第一弾は、アップデート直後ともいえるタイミングで特大のものが飛び込んできたのであった。

閑話　シェリアの旅立ち

「悪いけど、シェリア。ジュドーは私たちのものよ」

「……別にいいけど、いきなり何の話？」

太陽が二つある世界の、世界樹の梢《こずえ》にある翼人族の集落。

いつものように害虫駆除のついでに水汲《く》みを済ませてきたシェリアに対し、姉的な存在であるフィリスがそんなことを言ってくる。

フィリスの後ろにはシェリアより五つ年上で、この集落の翼人族男性としては最年少となる青年・ジュドーが五人の翼人族女性に囲まれていた。

「なんだ、聞いてないの？」

「聞いてないって、何が？」

「三十歳以下で相手がいない女は、来週までに婿《むこ》探しに出なきゃいけないことになったのよ」

「えっ!?」

「ちなみに拒否権はないからね」

「いくらなんでも急すぎない？」

いきなりすぎる話に、眉をひそめながらフィリスに言うシェリア。

ジュドーを見ても子づくりをする相手だと認識できなかった時点で、いずれ婿探しに出ることになるだろうとは思っていた。

が、いきなり来週追い出されるとは思わなかったのだ。

「急も何も、先月にはもう、話が出ていたわよ？」

「そうなの!?」

「そうよ。長老から聞かなかった？」

「聞いてない！」

「……さすがに、それはひどいわね……」

シェリアの反応を見て、さすがに思うところができたらしいフィリスが顔をしかめる。

ジュドーを確保したことについては、悪いとはかけらも思わない。

だが、それはそれとして、何も知らされていない相手を出し抜くような形で男を確保したのは、フェアでないにもほどがある。

「……なんか、悪いな……。さすがに俺、これ以上の人数は無理で……」

「別にジュドーのことは友達としか思ってなかったし、いずれ相手を探しに出なきゃいけない気はずっとしてたからそれはいいんだけど……」

「そ、そうか……」

なんとなくシェリアを捨てたような気分になって謝るジュドーに対し、本当にどうとも思っていないという態度でそう応えるシェリア。

そもそもの話、まだシェリアの第二次性徴が現れる前の時点で、すでにジュドーはフィリスたちに囲われていた。

体つきこそフィリスたちよりグラマラスに育っているが、残念ながらシェリアは男女関係や性的な要素に関しては幼児のころから全く変わっていない。

なので、悪気も何もなくジュドーをあっさり振ってしまったのだ。

「ただ、出ていくのは問題ないけど、せめていろんな準備をする時間は欲しかったなって」

「でしょうね……」

さすがに、今日知って来週というのは、いくらなんでも早すぎる。

それについてはフィリスも全く異論はない。

そうでなくても体つき以外はいろんな意味で子供で危なっかしいシェリアが、ちゃんとした準備なしで出ていくことになりそうなのだ。

これは長老をとっちめなければいけないかと思ったところで、当の長老（実年齢二百四十歳、見た目は三十代前半ぐらい）が現れる。

「ふむ、ようやくジュドーも覚悟を決めたか」

「長老！　どういうことですか!?」

唐突に現れたと思ったらそんなことを言い放つ長老に、ジュドーを囲っている女性を代表してフィリスが食ってかかる。

それに対して、長老がしれっとひどいことを言う。

「どういうことも何も、郷《さと》で一番の美少女で、戦闘能力の面でもそろそろお主らと逆転しそうなシェリアを外に出すほうが、子宝的な意味でも生存率的な意味でも確実だからだが？」

「否定しきれないけど、ひどい！　いや、そうじゃなくて、なんで今の今までシェリアにそのことを伝えてなかったんですか!?」

「下手に教えて、ジュドーとくっつかれてもな。どう見てもジュドーには七人も相手にするだけの能力も甲斐性《かいしょう》もないから、この場合誰か一人か二人、はじかれるだろう？」

「それは否定できないわね……」

「まあ、だからこそこうやって集まってシェリアに勝利宣言したわけだけど……」

「知ったうえで動いてなかったのかと思ったら……」

「長老、いくらなんでもひどいわ……」

「それならそれで、最初からシェリアは名指しで婿探しに出るように言えばよかったじゃない」

「今聞いた感じ、時期が今じゃないだけで本人も最初からそのつもりだったみたいだしさ」

あまりにひどい長老に対し、フィリスたちが口々に非難の声を上げる。

こういうだまし討ちみたいなやり方は、どう考えても後々まで響く。

「……まあ、今さらだから出ていくのはいいとして、来週までに準備終わるかな……。というか、婿探しの旅って、何を準備すれば……」

「それについては、こちらである程度やってある。あとは着替えと出発当日の食料ぐらいを用意しておけば問題ない」

不安そうなシェリアに対し、しれっとそんなことを言ってのける長老。

シェリアの気持ちなどお構いなしに段取りを進めていくその様子は、他の人間に不信感を抱かせるに十分である。

「ねえ、シェリア。追い出す私たちが言うのもなんだけど、ちゃんと帰ってくるのよ？」

「お婿さんを連れて帰ってくるのが一番だけど、子供だけ連れて帰ってくるのでもいいからさ」

「というかそもそも、婿探しの旅の途中で一度も帰ってきちゃだめってことはないからね」

「行き詰まったときとか困ったときとかには、いつでも帰ってきてね」

「なんだったら、助けが必要なときには呼んでくれれば、ちゃんとみんなで駆けつけるから」

「婿探しに行かないようにに、は無理だけど、それ以外のことはいくらでも頼ってくれていいから」

あまりのやり口に、出ていったきり二度と帰ってこないのではないかと不安になったフィリスたちが、口々にシェリアにそう声をかける。

男の取り合いという面で見れば手ごわすぎるライバルだからこそ結託して追い落としたが、フィリスたちは別にシェリアが嫌いなわけではない。

というより、頭が悪いわけでもないのにちょくちょくアホの子的な行動をするシェリアは、その危なっかしさもあって郷のマスコット的なポジションでみんなから可愛《かわい》がられているのだ。

そのみんなの中に、ちゃんとフィリスたちも入っているのである。

「ありがとう。自信ないけど、がんばってみる」

フィリスたちの励ましに気を取り直し、旅への覚悟を決めるシェリア。


だが、シェリアが旅に出てたった二時間で、フィリスたちの不安はかなり特殊な形で的中してしまい……、

「あれ？　さっきまで森の上を飛んでたのに、なんで海の上に!?　って、まっすぐ飛べない!?　落ちる落ちる落ちる落ちるううううううううう！」

海があるほうとは違う方角に向かって飛んでいたはずのシェリアは、どういうわけか立て札が隔

離している海域に迷い込んでしまったうえにコントロールを失い……。

「きゃあああ!!」

耕助《こうすけ》ががんばって建てた東屋《あずまや》を吹っ飛ばして、地面にめり込む羽目になるのであった。

MFブックス

住《じゅう》所《しょ》不《ふ》定《てい》無《む》職《しょく》の異《い》世《せ》界《かい》無《む》人《じん》島《とう》開《かい》拓《たく》記《き》
～立《た》て札《ふだ》さんの指《し》示《じ》で人《じん》生《せい》大《だい》逆《ぎゃく》転《てん》?～ 1

2024年10月25日　初版発行

著者　埴輪星人
発行者　山下直久
発行　株式会社KADOKAWA
〒102-8177　東京都千代田区富士見2-13-3
0570-002-301（ナビダイヤル）
印刷　株式会社広済堂ネクスト
製本　株式会社広済堂ネクスト

ISBN 978-4-04-684231-2 C0093　Printed in JAPAN

企画　株式会社フロンティアワークス
担当編集　中村吉論／佐藤裕（株式会社フロンティアワークス）
ブックデザイン　AFTERGLOW
デザインフォーマット　AFTERGLOW
イラスト　ハル犬

本シリーズは「小説家になろう」（https://syosetu.com/）初出の作品を加筆の上書籍化したものです。

この作品はフィクションです。実在の人物・団体・事件・地名・名称等とは一切関係ありません。